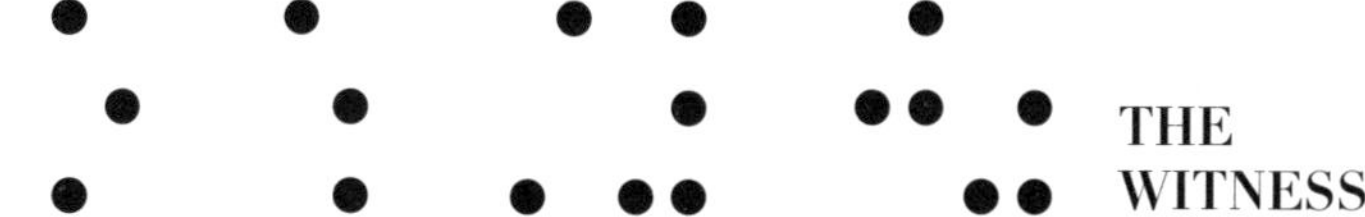

我是证人

〔韩〕崔民硕 、尹昌业、安相勋 〔中〕顾小白 / 著
〔韩〕金敬美 / 改编
〔中〕王宇、金瑜琼 / 译

北京联合出版公司
Beijing United Publishing Co.,Ltd.

图书在版编目（CIP）数据

我是证人 / (韩) 崔民硕等著 ; (韩) 金敬美改编 ; 王宁, 金瑜琼译. —北京 : 北京联合出版公司, 2015.11

ISBN 978-7-5502-5384-1

Ⅰ. ①我… Ⅱ. ①崔… ②金… ③王… ④金… Ⅲ. ①长篇小说—韩国—现代 Ⅳ. ①I312.645

中国版本图书馆CIP数据核字(2015)第258485号

北京市版权局著作权合同登记　图字：01-2015-7439

我是证人

〔韩〕崔民硕、尹昌业、安相勋〔中〕顾小白 / 著
〔韩〕金敬美 / 改编　〔中〕王宇、金瑜琼 / 译
责任编辑：张萌

北京联合出版公司出版
(北京市西城区德外大街83号楼9层　100088)
北京鹏润伟业印刷有限公司　新华书店经销
字数：160千字　880毫米×1230毫米　1/32　印张：7.75
2015年11月第1版　2015年11月第1次印刷

ISBN 978-7-5502-5384-1
定价：32.80元

目录

CONTENTS

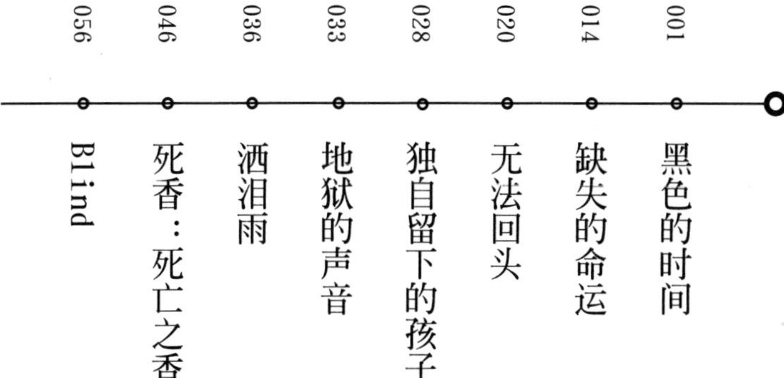

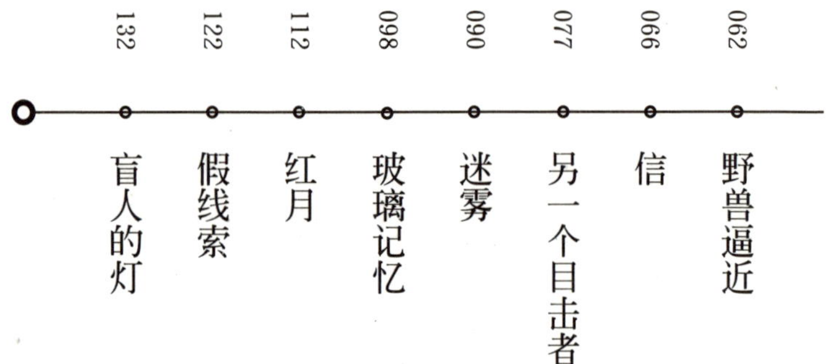

CONTENTS

目录

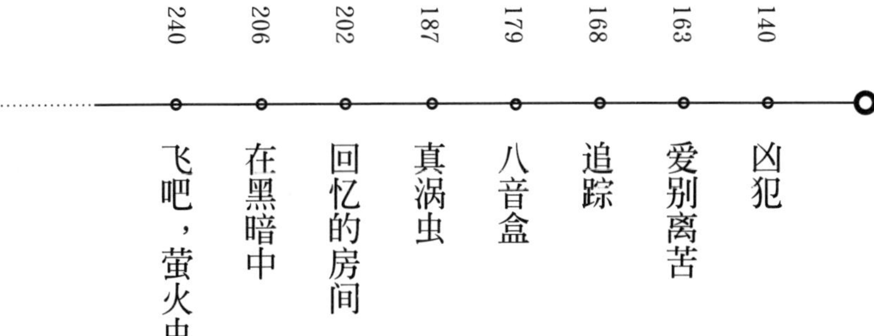

黑色的时间

那一天，不该发生的事情发生了……

“吱——”

伴随着刺耳的刹车声，一辆轿车莽撞地冲向演出场馆入口，在最后关头，轮胎狠狠地擦过地面，散发出和刺耳的摩擦音一样让人不快的焦味。

入口处的横幅被车前保险杠碰得来回摇摆。路小星下了车，狠狠地瞪着那个横幅。她的车早就过了轮胎更换期，而现在差点被她撞到的偏偏是弟弟梁聪“Pole Star乐队”的宣传海报。

海报上，梁聪正抱着电吉他，一脸陶醉兴奋的神情。路小星看着梁聪的照片，眼里既有失望，也有困惑。

“梁聪……”

她轻叹了口气，喃喃地叫出弟弟的名字。她什么时候才能像从前那样，温柔地呼唤这个名字呢？那样的日子还会再有吗？最近，路小星和弟弟矛盾不断，这让她非常郁闷。以前，她和梁聪可是一对情投意合的姐弟，如今事态发展到这一步，到底谁该负的责任更大呢？

路小星捋了捋垂下来的头发，努力让自己不胡思乱想。无论如何，现在她都要进到那个鬼地方去，把梁聪找出来。

“测试，测试……”

梁聪修长白皙的手指轻拨琴弦，细腻动人的旋律从原本冰冷的电吉他中流淌出来。

“OK！”

耗费了很多精力的调音工作终于结束了，梁聪脸上露出满意的笑容。尽管舞台上的灯光已经熄灭，可是他的面庞却依然散发着夺目的神采，英气逼人。

舞台灯光逐渐亮了起来，Pole Star乐队的成员们都忙着调整自己的乐器，面对即将开始的表演，大家都难掩兴奋。看着他们，梁聪颇有感触。为了同一个目标而一路相伴走来的朋友们，和他们在一起，梁聪觉得比任何时候都幸福。

“都准备好了吧？”

梁聪来到麦克风前站定，乐队的成员们都看着他。

“下一首歌名字叫作《虫儿飞》，刚刚完成编曲，新鲜出炉。我想把这首歌献给每一个在黑暗中追逐光明的人。”

梁聪的声音透过麦克风传出来，对于即将开始的演出的期待如同蝴蝶轻轻扇动的翅膀，在他的声音里闪动。而这份期待，舞台上的每一个人都感同身受。就在梁聪略微扬起俊秀的脸庞，准备给出开始信号，将一直以来的期待变成现实的时候，伴随“嗡——”的一声刺耳噪声，梁聪手里的麦克风被猛地摔到舞台上，是路小星！

“姐！你疯啦？！”

梁聪一时间愣住了。路小星瞪着他，眼神里流露出一种近乎绝望的愤怒。就在刚才，在她走进这家地下夜店四处寻找梁聪的时候，她所目睹的情景掠走了她最后的一点自制力。在昏暗的灯光下，男男女女肆意滚倒在通往夜店的楼梯上，露骨地爱抚、亲吻。

“梁聪！你听我说，我不是不让你搞音乐。玩音乐可以，但你得走正路，别整天跟那些混混在一块儿学这些不入流的东西。”

“什么？”

梁聪忍不住张大了嘴，觉得她的话特别荒唐。可是，小星话里的刀子却越来越锋利。

“别以为我不知道，那帮家伙打着搞音乐的幌子，实际上不是吸毒就是泡妞儿。你在这种地方能学到什么好东西？！”

Pole Star乐队的成员们忽然间被定性为“小混混”，大家面面相觑，不知所措。就在刚才还洋溢在大家脸上的光彩，被小星的一句话瞬间抹杀了。

梁聪绝望极了，他咬牙切齿地说：“路小星！你听着，不许你这么污蔑我的朋友！我们不吸毒，也没泡妞！我们只是想做音乐而已！”

路小星还是第一次见到梁聪这个样子。看着他的眼睛，路小星心里有一丝迟疑，但是她并没有示弱。

“你看着我的眼睛，既然你那么理直气壮，怎么会被退学！”

退学通知书被摔到了梁聪白皙的脸上。

“这个学期你去上过几次课？考试一门都没通过，你爸去学校求情都没用！懂吗？你被开除了！”

“那又怎么样！我只是在排练而已，又没干什么坏事！再说，我压根儿就不想听那些无聊的课。现在正好，我以后是不是就不用去学校了？”

“你……亏你还有脸管家里要学费，你瞒着家里人拿钱出来都干什么了？这不是被他们带坏了是什么？！”

听到“学费”二字，梁聪没了底气，可他依然争辩道：“那笔钱……我打算用来买乐器！”

“你马上跟我回家！”路小星忍无可忍，抓住了梁聪的手腕。

“我不回去！”梁聪甩开了她的手。

面对固执的梁聪，路小星只能来硬的了：“别废话，跟我走！”

她更用力地抓住梁聪的手腕。梁聪再次甩开她，气急之下，口不择言地说道：“放开我！你又不是我亲姐，凭什么管我！”

“你说什么？！”

“我……我让你少管我！”

未待众人反应过来，路小星一把拽过梁聪的胳膊，一个过肩摔把他摔翻在地。

“啊！”

舞台上的乐队成员们都不敢上前阻止。

路小星把梁聪的胳膊别在他身后，像押着犯人游行一样把他押向自己的车。她一脸决绝，丝毫没有缓和的余地。

“你放手！放开我！”

梁聪不停地挣扎着，路小星更加用力地按住他，然后从兜里掏出遥控器，发动了车子。

梁聪看准时机，撒腿就跑，可惜被路小星飞起一脚踢翻在地。

还没等倒在地上的梁聪反应过来，路小星眨眼的工夫就把他系在腰上的装饰链扯了下来。

“嗯？你要干什么？哎！哎！”

“会点武术就了不起吗？”

梁聪坐在副驾驶座位上，恶狠狠地瞪着路小星，他的手被那条从他腰上拽下的装饰链牢牢捆住了。

路小星根本不理弟弟的怒气，把链条的另一端绑在了副驾驶座位上方的把手上。

“你可以当警察，为什么我就不可以做音乐？”

梁聪近乎咆哮地大喊着，路小星不理不睬地“哐”的一声把副驾驶的门关上了。

“你有什么权力把我关在这儿！凭什么！”

路小星坐到了驾驶座上，梁聪带着哭腔喊道。小星强压怒火刚要开车，听到“权力”二字，转头瞪着梁聪。

“原来你也知道我是警察？那你就更应该明白，警察管教问题少年，天经地义！”

梁聪被姐姐说得哑口无言，眼泪在眼眶里打转，似乎马上就要掉出来了，样子很是凄楚。

夜色中，都市里灯火通明，比满天繁星更加流光溢彩，疾驰在道路上的车辆发出刺耳的噪声，梁聪和路小星所乘的轿车也行驶在车流当中。他们的车子准备变线，以驶上位于外侧的高架桥。

“姐，我这辈子第一次也是最后一次求你。你放我回去吧，好不好？这次演出对我来说真的很重要！”

他已经别无选择，车子一开上高架桥，一切就都结束了。

可是路小星却并不为所动，她好不容易才把他带回来，当然不能前功尽弃。

“不行，梁聪！你都多大了，还这么让爸妈操心？到了你这个年龄，也该认真思考一下自己的人生道路了。”

“所以我才要回去，这是我的人生！我这还是第一次认真思考我自己要走的路。姐，你忘了吗？当初，你可是最支持我做音乐的。这次演出……对我们来说是第一次起飞的机会！”

梁聪的声音从未如此真挚，路小星有些心疼，但是她依然没有改变主意。

“总之，就是不行。”

“姐！”

路小星努力不让自己动摇，她下意识地更加用力地握住了方向盘。想到整日愁眉不展的父母，她告诉自己，现在的选择才是最正确的。

“只要你用心，重要的机会随时都会有，但是现在，你必须先体谅爸妈的苦心。”

梁聪见最亲的姐姐并不明白自己的真心，忽然觉得自己很可悲。

“放我下去！”

梁聪忍无可忍，使劲挣扎起来。

“梁聪！你别闹！”

“那就放我下去！你要是不让我回去，我恨你一辈子！”

“……”

看到姐姐依然不为所动，梁聪彻底绝望了。

“啊！你疯啦！”

突然之间，梁聪用身体用力撞向小星，试图阻止她。疾驰中的车子突然减速，剧烈摇晃了起来。

“危险！”

路小星连忙推开梁聪，可是梁聪却依然试图去干扰她。

“梁聪！别闹了，危险！”

情况十分危急，路小星的车在高架桥上万分惊险地左冲右突，后面的车辆不停地按着喇叭。

路小星解开安全带，准备阻止梁聪胡闹。

就在他们纠缠不休的时候，后面开来的一辆车避之不及，眼看就要撞上来了。

“啊！”

千钧一发之际，小星猛地扭转方向盘，避开了后车。

“哐哐哐哐！”

车撞上了隔离栏杆，打起转来。与此同时，路旁的护栏忽然出现在小星的眼前，瞬间朝他们袭了过来。

小星这才下意识地踩下了刹车。

“吱——”

伴随着撕裂般刺耳的刹车声，世界上的光亮和声音全都消失了……

“这儿……是哪儿？”

小星很纳闷。真奇怪，为什么感觉周围的空气如此冰冷呢？

“嘀嘀嘀——”

“车的声音……这么说，这儿是……”

小星这才意识到自己正在高架桥上。

“我怎么会在这儿？我在做梦吗？”

瞬间，她看到了疾驰在高架桥下方的车流。她的脑海中忽然浮现出一条巨蟒，正张着血盆大口，等在地狱之火的中央。

“真是莫名其妙。我怎么这么困呢？”

小星勉强眨了眨不停下沉的眼皮。这时，隐隐约约地，她听到缓慢流淌的时间中，从遥远的地方传来一个声音。

“姐……姐……”

“梁聪？”

怎么会听到梁聪的声音？

“姐快起来！”

这歇斯底里的声音，分明就是梁聪！

无法回头的黑色时间就这样开始了。在这段黑色时间的入口，她一生中所看到的最后一幕映入了她的眼帘。

“梁聪！”

一辆车横在道路上，车头冲破了护栏，正万分惊险地悬在半空中。

那是她的车。

“姐！救我！”

“梁聪！”

在严重变形的车里，梁聪像一头被困在陷阱中的野兽，一边拼命挣扎，一边对她大喊着。

刚才碰撞的瞬间，挣开安全带的小星被甩到了车外。梁聪的双手却被牢牢绑在车上，他被困在车里，悬在半空中，随时可能掉下去。此时，他正深陷恐惧的泥沼中。

"梁……聪！"

小星浑身是血，她勉强爬起来，艰难地往前挪动着脚步。可是不知为什么，她的眼睛突然变得很奇怪，刚才明明还可以看到梁聪，可是现在眼前却越来越模糊。不仅如此，她越是揉，越是眨眼睛，视野就越迅速地变得狭窄起来。

终于，如同保险丝"啪"的一声断掉了一样，她的眼前突然一片漆黑。

"姐！"

伴随着强烈的眩晕，路小星一下子瘫倒在混凝土的马路上。车里的梁聪见状，歇斯底里地大喊起来。

"梁……聪，等……一下，姐……马上……就来……"

"姐！快起来！"

"我得起来，梁聪在等我。"

路小星心里想着，可是她的意识却渐渐陷入了无尽的深渊中。

“姐！”

看到姐姐一动不动地躺在地上，好像死了一样，梁聪意识到自己的声音再也无法把姐姐唤醒，他绝望了。

“哐当！”

车体突然向高架桥下方倾斜起来。“吱嘎——”，汽车发出奇怪的呻吟。如今，这辆车只是勉强挂在护栏上，大半个车身都悬在了空中。梁聪失去了理智，他疯狂地摇晃着胳膊，试图挣脱捆绑。

车身再次下沉。

“啊！”

此时，高架桥下面的车流映入了梁聪的眼帘。只见距离他大约十米远的下方道路上，车辆正快速穿梭，同时发出可怕的噪声。这一刻的梁聪，如同来到了烈焰熊熊的地狱的边缘。

“不，不要……”他越是挣扎，铁链越是深嵌进皮肉中，痛得钻心。

“吱嘎——”

“啊！”

从车辆发出的呻吟可以知道，悬空的坚持已到极限。如今，梁聪已经顾不上皮开肉绽的痛苦，他必须马上从车里出去。

“呜呜，快开……”

突然，在梁聪拼命的拉拽之下，副驾驶座位的把手终于被拽开了。

“好了！”

可是，就在这个瞬间，伴随着“吱嘎”一声响，车身猛地向下翻了下去。

“姐！”

“哐——”

小星的车一头扎到了高架桥下的道路上，疾驰而来的一辆大货车躲闪不及，径直撞了上去。地狱之蟒终于一口吞噬掉了觊觎已久的猎物。

大货车喷射着刺眼的火星停了下来，粗重地喘息着。周围瞬间安静了下来，好像什么都没发生过一样。死一般沉寂的空气里，小星那被撞击得惨不忍睹的车子在月光下看起来怪异无比……

缺失的命运

“8点啦，8点啦，8点啦……”

伴随着生硬的机械音提醒，聪聪拉开了窗帘。早晨的阳光透过窗帘的缝隙射了进来，散落在房间各处。

房间里很整洁，但是看起来并不温馨，让人感觉死气沉沉。路小星如同一朵开在暗夜里的苍白花朵，悄无声息地躺在床上。

其实，小星在闹钟响之前就已经醒了，她一动不动地躺着，如同一具躺在太平间里的干瘦尸体。床上的亚麻床单泛着柔和的白色的光泽，似乎用手一碰就会发出饼干般窸窸窣窣的声音。可是这床单是如此平整，让人很难相信已经有人在上面睡了一夜。她确实睡了吗?

小星依然闭着眼睛，等着聪聪一会儿过来把被子叼开，然后在自己的脸上猛亲。进行完这一套流程，她才会开始新一天的早晨。

果然不出所料，拉布拉多犬聪聪一下子跳上床来，把嘴凑到小星的脸上猛亲起来。而此时，闹钟依然响着，房间里就像一篮珠子打翻在地，瞬间变得非常嘈杂。

“好啦，我这就起来，这就起来。”

小星先伸手关掉了闹钟的按钮，然后把聪聪的头紧紧抱在怀里，温柔地摩挲着它。在和聪聪做早晨问候的同时，小星用另一只手拿起了床下的手机。她的眼睛看都不看手机，轻车熟路地打开手机屏幕上的收音机，然后将手机和放在床头的音箱连接起来，一系列行云流水般的动作，熟练得让人吃惊。

“今天的PM2.5指数达到了350，预计今天的空气污染状况将比昨天更加严重，建议各位听众尽量避免户外活动……”

这是一个陌生的声音，生硬而尖锐。小星敏锐地听出主播的声音和昨天相比略微有些嘶哑，也许是因为他昨天晚上看书看到一半就睡着了，忘了把窗户关上。现在正值早春时分，晚上很有些凉意，睡觉的时候必须把被子盖得严严实实才行。

天气预报比平时长了些，小星赶紧下了床。现在没时间磨蹭，今天可是很有意义的一天，因为她终于下定决心去做一件拖了许久的事情。

“在这个社交网络大行其道的新媒体时代，尽管智能手机中充斥着无数便于陌生人相互约会的软件，但是刚上线不久的‘只约’还是异军突起，短短三个月时间，就充分展现出后来者居上的……”

收音机里新闻播报的声音一直追到了浴室，可是小星却毫无兴趣。她把牙膏挤在手指上，以此来判断用量，然后把牙膏抹在牙刷上，塞进了嘴里。整个过程中，她的表情没有任何变化。随后，她极其娴熟地刷牙、梳洗打扮，一切有条不紊。

“下一条消息，近日，女大学生郑惠英午夜失踪案越来越受到关注。关于年轻单身女性的人身安全问题以及个人防范意识的讨论成了网络上的热点话题。警方已经对全市各类车辆，尤其是‘黑车’展开了集中调查……”

小星将牙具和毛巾放回了原来的位置，然后拿出口红，先抹到了手指上，然后小心翼翼地往嘴唇上涂抹着。她用指尖可以感受得到口红的柔滑，蜂蜡碰到了自己那干燥的嘴唇并慢慢地渗入进去。桃香。小星闻着让人联想到少女红润脸颊的淡淡桃香，将口红细致地在嘴唇上抹匀。

为了消除口红在制造过程中遗留的油味，调香师在口红中添加了和其颜色相符的香味。所以，今天这支口红的颜色应该是桃色的。

不知从什么时候开始，香料已经成为小星挑选口红的重要标准。

没什么不方便的，这样反倒更容易找到适合自己的口红，至少可以避开那让人窒息的魅惑麝香所代表的暗红。

口红淡淡的桃色为小星干燥的嘴唇增添了一抹生机，一尘不染的镜子中，梳妆完毕的小星散发着隐隐的光彩。

小星从浴室出来，走到对面的衣帽间，打开衣柜门，里面的衣服上都挂着盲文标签，上面记录着衣服的颜色和款式。衣服绝大部分都是不显眼的米色系，除了只有小星自己知道的细节，很难看出每件衣服之间有什么不同。

就算再恬淡的人，也总会有那么一两件带花纹或者亮色的衣服，用来给自己转换心情，哪怕一直放在衣柜里从来都没有勇气穿出去——毕竟是女人嘛。可是小星……她却如此希望变成一个最不显眼的透明人。

小星逐一摸着盲文标签，她的手最后停在了一个地方。她选择的是一件密集的纽扣一直扣到脖子下面的、不带任何装饰的白衬衫，外加一条黑色的铅笔裤。

“呼……”

小星的呼吸微微有些颤抖，今天的她比任何时候都更加慎重地挑选着衣服，因为对她而言，今天是非常重要的一天。

“聪聪，过来。”

听到小星的声音，等待已久的聪聪晃着尾巴跑了过来。它熟练地把叼在嘴里的导盲犬背带放到了小星的膝盖上，然后乖乖地等在旁边。小星拿起狗背带，慢慢摸索着聪聪的头。每次给聪聪套背带，她都觉得很抱歉。这东西套在身上肯定不舒服，虽说是有必要才用的，但是对于狗来说，恐怕永远不会有完全适应的一天。可是，聪聪却接受了这个背带，并戴着这个背带守在自己身边。对此，小星发自内心地感激。

瞬间改变的命运和灾难般袭来的黑暗一举击垮了小星。恐怖的黑暗，黑暗中爆裂般骤然响起的各种声响，以及身边的人们不加掩饰的同情和蔑视，对于这一切，小星只能忍耐、控制、顺服。

而这些之所以变得可以忍受，是因为聪聪陪在她身边。因为聪聪的存在，小星才能像现在这样，接受这段缺失的命运。

“聪聪，今天也要拜托你喽。”

听到小星的称赞，聪聪马上伏下了身子，以便小星给它戴上背带。小星摸了摸聪聪的头，把背带套到了它身上。

“呼……”

小星长呼了一口气，穿上了鞋子。她站在门口，脸上蒙着一层浓得化不开的悲伤。对于她来说，今天绝对是个需要极大勇气的日子，因为她穿越了漫长的隧道，终于要朝出口迈出一步了。

门开了，上午新鲜耀眼的阳光照射在她没有任何表情的脸上。

小星更加用力地握紧了手中的狗背带拉手。聪聪似乎感受到了她决然的情绪，仰头望着她，眼里充满了信任。

“聪聪，走吧。”

聪聪抬腿朝门外走去……

无法回头

微风拂过枝条，阳光和煦地倾洒，早春的校园散发着耀眼的光芒。

刚入学的新生们的响亮口号穿越了操场围墙。伴随着哨声，女生们正在进行武术训练，动作标准而有力。

小星和聪聪走进了警官大学正门，三三两两的学生从她身边走过，都偷偷瞄着她。

“小星！你站在那儿别动！我下去！”

不远处传来马老师的声音，小星欣喜地循着声音的方向转过头去，马老师朝她招手。

“哦，对了！”

马老师这才想起来小星看不到自己对她招手，于是尴尬地把手放下了，脸上掠过一丝惋惜。

“哈哈哈！抱歉，抱歉！我下来的时候，正好有人跟我打招呼，就聊了几句。”

马老师气喘吁吁地跑过来，坐在了小星的旁边。他的头发稀稀落落，戴着副眼镜，看起来已经年近半百。

“没关系，我正好放放风。”

“嗯，那就好。”

小星的背挺得很直，脸上挂着微笑。马老师看着她，一时间不知道该说些什么。

“嗯，嗯！”

喉咙偏偏这时候发痒，马老师忍不住干咳了两声，接着干脆拿出一根烟叼在了嘴上。

聪聪似乎也感觉到了气氛的尴尬，它晃着脑袋，来回看着马老师和小星。

“现在有保镖啦。”

“它叫聪聪，现在它就是我的眼睛。”

聪聪正趴在小星的脚下，一听到自己的名字，上身立了起来。

“聪聪，长得确实机灵。一转眼，咱们三年没见了吧？”

“是啊……不好意思，没能经常来看您。”

“看你说的……对了，你不是说找我有事吗？”

小星突然变得有些踌躇。看到她这样，马老师也跟着紧张起来。

“马老师，过去三年，我已经自学完盲文课程了。我现在可以很自如地用计算机来输入资料，还能上网搜索信息。”

“哦，是吗……”

“现在，只要有聪聪，我哪儿都能去。我的意思是说，虽然我的眼睛不方便，但是这丝毫不影响我的生活和工作。所以……”

“……”

“我想重新回学校来学习。”

马老师很是疑惑不解，他看了小星一会儿，缓缓开口说道：“你想回学校来学习？”

“我觉得我可以学犯罪分析学。”

小星的语气中流露出近乎哀切的决然，马老师下意识地躲避着小星的眼睛。过了一会儿，他勉强看着小星那空洞的眼睛。

“犯罪分析学……”

“2007年，比利时警察局聘用了六名盲人警探，让他们进行电话监听和录音分析工作。事实证明，他们比身体健全的警察做得更出色。有一次，警方认定一个摩洛哥人是贩毒者，可是一名盲人警探从他口供录音中的语调中听出了能证明他清白的证据，警方这才得以抓到真正的罪犯。所以说……”

“小星。”小星恳切地说着，马老师打断了她的话，“我不想伤害你，但是我觉得还是应该把这件事告诉你。你之所以被取消学籍，并不是因为你的眼睛有障碍。”

“什么？”

“是因为你违反了规定。”

刚过了中午，慵懒的阳光在街上伸着懒腰。度过忙碌的上午，连空气都放缓了脚步，做着短暂的休憩。

在聪聪的牵引下，路小星怅然若失地走在路上，神情无比落寞。

“你作为警官学校的学员，做了不该做的事情。你不顾及当事人的意愿，试图用武力方式来解决问题，而当事人也正是因此而丧命的……当然了，当事人是你弟弟，你肯定承受了很大的痛苦。但是，这并不能抵消你犯下的错误。我恐怕帮不了你，这个案子过于敏感……”

马老师说得没错。她明明知道这些，却还是找到学校来了。

小星下意识地攥紧了狗背带的拉手。汹涌袭来的耻辱感让她站都站不稳，那感觉就像光天化日之下，赤身裸体地站在人群当中。

想到马老师的话，小星加快了脚步。她觉得无比地冰冷。

“聪聪，咱们赶紧回家吧。”

听到小星的话，聪聪快步朝人行横道走去。

小星在背包里翻找着交通信号灯感知器。她的手剧烈地颤抖着，透彻全身的寒意似乎要渗透到骨头里去。聪聪仰头看着小星，眼里透露着担忧。

还好，她很快就找到了感知器，连忙按下了开关。可是感知器似乎出了故障，她连着按了好多下，依然无济于事。小星不知所措，那样子很可怜。看来今天根本就不该来，小星心想，如果这就是站在这条路上的代价，她也只能坦然接受。

这时，一个行人从小星的身边擦过。他快步走着，似乎要过马路。

小星感受着行人身上的气息和脚步声，黄色的人行横道渐渐铺展在小星的眼前……

如今，路上只有小星和聪聪。

黑暗中，铺展在小星眼前的人行横道就像一张黄色的地毯。

可是这地毯很快就会消失，地毯的那一端已经开始消隐不见了。

必须抓紧时间。

"聪聪，快点。"

尽管聪聪觉得有点不对劲，但是听到小星的命令，它还是走上了人行横道。小星也快步跟在聪聪后面。

"吱——"

一辆新型SUV惊险地在小星跟前刹住了。

"嘀嘀——"

驾驶员气急败坏地猛按喇叭，可见他也受惊不小。

“你疯啦？急着找死是吧？！”

小星这才意识到自己正站在马路中间，而且闯了红灯。

“对不起，对不起。”

“要死就死远点儿，这不是害人嘛。靠……也不好好看着点！”

小星不停地点头赔礼，SUV驾驶员也不好再发作，狠瞪了她一眼，开车离开了。

小星站在路中间，左右为难，她想原路返回，谁知道刚小心翼翼地迈出一步。突然——

“嘀嘀——”

黑暗中，一道强光射来，小星下意识地扭过头去。与此同时，一辆大型特种车疾速向她开了过来！

“啊！”

可是，从小星身边惊险擦过的不是特种车，而是一辆观光巴士。

“呼——”，观光巴士开过时掀起的强风袭来，小星吓得连忙向后退去。

“汪！”

聪聪及时叫了一声，小星这才缓过神来，赶紧快步走过了人行横道。她的脚步非常慌乱，随时都有可能跌倒。

来往的汽车不断鸣笛，小星忙不迭地走上人行道。慌乱之中，她的腿撞上了路旁的护栏。

小星强忍着没叫出来，紧紧捂住撞伤的部位，肩膀剧烈地颤抖着。

她并没有什么非分之想，可又不能什么都不做，如同梁聪死去的那天晚上那样。

她无法原谅那天的自己。

她曾经想过死，但是突然发现自己连死的资格都没有。她坚信自己应该活着，只有活着才能做些什么，做梁聪希望她做的事情。

记得当初她考上警官大学的时候，梁聪高兴得就像得了大奖一样，这样的情绪也传染给了她，让她知道在这个世界上，她并不孤独，她还有梁聪一样的家人关心她、为她骄傲。

所以，小星才觉得自己应该重新再做一名警察，应该回到警官大学学习。可是她却像个傻瓜一样，不知道自己从一开始就没有资格。

对她来说，死的资格、被宽恕的资格和做警察的资格都消失了。就在三年前，梁聪死去的那一天。

“姐，你将来想干什么？”

“警察！我要保护我妈妈。你呢？”

“我要做个超级棒的音乐人！”

“音乐人？”

“我爸说我遗传了我妈妈的音乐天赋，她是个音乐家。”

“哇！太棒了！”

“以后我写歌给你听。”

“好啊，那我来保护你。”

“真的吗？哇！我觉得你不像我姐，倒像我哥。”

“你说什么？”

“哈哈哈……”

“哈哈哈……”

聪聪把鼻子贴在小星的包里闻着什么，它想替茫然的小星把包里的止疼喷雾拿出来。

“聪聪，我来吧。”

小星似乎对这种情况已经很熟悉了，她慢慢挽起受伤那条腿的裤腿，白皙的腿上，满是青一块紫一块的伤痕。

小星摸索着把止疼喷雾喷在刚才撞伤的部位。此时的她看起来是如此柔弱可怜，似乎随时可能融化在下午的阳光里，消失不见……

独自留下的孩子

洗菜池里放满了牛肉、土豆及其他各种蔬菜，小星围着围裙，正在洗菜池旁做着烹饪准备。她先拿起牛肉放在了砧板上，用手大致衡量了一下大小，然后异常缓慢地一点点切了起来。而此时，聪聪垂着头，趴在房间的角落里。

“这不怪你，是我自己不小心。”

小星柔声安慰着聪聪，可是聪聪却依然不肯走过来。它灰心丧气地趴在那里，不时观察着小星的脸色。对于小星白天受伤的事情，聪聪似乎很自责。

“我正在做一道特别大餐，包你吃了之后精神百倍，敬请期待哦。”

小星强作开朗，聪聪这才悄无声息地来到她身边。小星感受到聪聪的气息，心里涌起了一丝暖意。她知道，如果没有聪聪，她根本活不下去。

“妈妈来电话，妈妈来电话，妈妈来电话，妈……”

手机里响起语音提醒，小星刚振作起来的精神又沉郁了下去。小星没接电话，默默地听语音提醒一遍遍地催促着。

“呼……”

小星深呼了一口气，似乎下了很大的决心，这才拿起电话，解开屏幕锁定。

“小星，你忙着吗？怎么一直不接电话……”

听到妈妈慈爱的声音，小星反倒烦躁起来，因为自从那次事故之后，妈妈就变得格外温柔。

“我在给聪聪做饭。”

小星强压着烦躁的心情，声音冷淡而空洞。

“给聪聪做饭？上次我给你送去的狗粮呢？”

“妈，你能每天都吃一样的吗？”

妈妈的声音流露出对女儿的心疼，似乎恨不能马上跑到她身边来。小星终于爆发了，到底要到什么时候才能不再把她当成一个可怜的残疾人呢?

“你照顾自己都不容易呢，再加上一条狗……”

“你有事吗？没事我挂电话了。”

小星冷冷地打断了妈妈的话。对她来说，现在这样的对话让人太不舒服。

“小星，别挂电话！呼……小星，我知道你想变得更坚强，可是你总是这么一个人过，妈不能不担心。”

“……”

“梁叔叔打算把咱们住过的澜湖别墅卖掉。”

“……”

“小星，有些事应该让它过去，实在不行，就把它深埋……”

“还有事吗？”

“别墅卖掉之前，你不想最后去看一眼吗？那儿有些东西需要你自己去整理，另外……梁聪的东西里，如果你想留什么做纪念……”

“都扔了吧。”

“小星……”

听着女儿冷冰冰的声音，电话那端的妈妈不可能不知道她心里的痛苦。

“你还是来一趟吧，咱们一家人毕竟在那儿度过了一段幸福时光，这总不该忘了吧。房子卖了之后，连这些时光都会彻底消失掉。”

“我挂电话了。”

小星匆忙挂断电话，转身来到洗菜池前。她忙着做这做那，想尽量让自己平静下来。她忘了电磁炉上炒锅里的油已经很热了，她把食材一股脑儿地倒了进去。伴随着“刺啦”一声，泡在牛奶中的食材遇到滚热的油，瞬间四溅开来。几滴滚油溅到了她的手背上。

“啊！”

小星赶紧向水龙头的方向摸索，慌乱中，碰翻了旁边的牛奶和饲料粉，厨房一时间变得一片狼藉。

小星把手伸到水龙头下面冲洗着，她愣愣地站在那儿，肩膀颤抖了起来。过了一会儿，她下定了决心，紧紧攥起拳头，来到了卧室。

小星把整齐摆放在书架上的刑侦盲文书籍和笔记胡乱塞进了地上的空箱子里。她的脸色看起来如此阴郁，甚至有些惨白。

“啪——”

被丢进箱子的一本书里，夹着一张照片。那是小星在警官大学入学典礼那天，和梁聪一起拍的纪念照。如今，痛苦的时光抹杀了两人那曾经灿烂的笑容。

小星把箱子封得严严实实，似乎想以此跟过去告别。她的眼神空洞无比。

聪聪默默看着她把箱子塞进了储藏间……

“聪聪，饿坏了吧？快吃吧。”

聪聪似乎听懂了小星的话，把头埋在一大碗鲜虾蔬菜粥里，开始风卷残云地狂吃起来。小星用贴着创可贴的手摸着聪聪的头。

“聪聪，对不起……就算不好吃，你也要都吃光哦。下次我一定给你做顿好的。”

听了小星的话，聪聪抬起头看了看她，然后用嘴把粥碗推到了小星面前，不停地摇着尾巴。它想让小星跟它一块儿吃。小星感受到了聪聪对自己的关爱，忍不住哭了起来。

“你吃吧，我不饿。”

聪聪把碗里的粥一扫而光，然后扑到小星的身上，对着她的脸猛舔起来。它想让她开心，它能做的只有这些。

小星明白聪聪的心意，忍不住有些哽咽。聪聪善解人意地把头搭在小星的膝上，小星紧紧抱住了它。感受着聪聪身上的温暖，小星的眼里噙满了泪水。

夕阳西下，已经是所有人都回家的时间了……

小星就像一个独自留在小公园里的孩子，小伙伴们都已经回家了，空荡荡的公园里，只有她在茫然地等着谁来接她。

独自留下的孩子坐在再不需要排队的秋千上，缓缓地荡起来。摇摇荡荡之中，脸上冰凉的泪水也会随之被风吹干。

地狱的声音

面容憔悴的郑惠英瞪着一双惊恐的眼睛，面对着眼前的无尽黑暗。在这里，似乎一切都是凝固的。一片漆黑的地下室中，根本无从揣摩时间。

“呼，呼……”

她恐惧到极点，喘着粗气，脖子上的蝴蝶文身随着她的呼吸微微颤动着。她已经想不起自己是什么时候被带到这里来的。她突然很绝望，因为她觉得恐怖已经麻痹了她身上的所有感知和判断能力。想到自己有可能就这样神不知鬼不觉地从世界上消失，郑惠英忍不住小便失禁了。羞耻感瞬间袭来。在这样极端的情况下，作为一个女人，她依然因为沿着自己的下体涌出的尿液而感到羞耻不堪。

“呜呜！”

郑惠英低头看了看绑在自己身上的铁链，再一次绝望了。人们会发觉她消失了吗？这世界如此忙碌，每个人都只顾盯着自己眼前的路。她又何尝不是从来没有关心过别人的事情呢？这么说，她真的会……

恐惧让郑惠英有些恍惚，她努力甩掉恐惧，走到了门口。

“哐！哐！哐！”

郑惠英拼尽身上仅存的力气，使劲儿地拍着门。

“救命！有人吗？救命……救救我……呜呜！”

门外一点动静都没有，郑惠英哭了起来。她先是哽咽了几声，紧接着放声大哭起来。她至少还能这样哭出来，这也许算是一种幸运，否则恐怕不等那个怪物来杀她，她就会扭断自己的脖子。

“咔，咔咔……”

“这声音？”

郑惠英的头发根都竖了起来，这分明就是那个声音，她第一次遇到那家伙时听到过的声音！这么说……

“嗒，嗒，嗒……”

脚步声随后传来。郑惠英下意识地躲到了楼梯下面的角落里。这个脚步声，她到死都忘不了。

“吱嘎……”

“啊！”

当让人战栗的开门声传来的时候，郑惠英差点失声哭出来，她赶紧捂住了自己的嘴。

脚步声不紧不慢地传进了地下室，那个人轻声哼着《虫儿飞》的旋律，缓缓走下了楼梯。

此时，门并没有关严，郑惠英窥视着从门缝中射进来的那一束亮光。这是最初，也有可能是最后一线生机，郑惠英深吸了一口气，接着猛地朝那束光亮跑了过去，就像一只扑火的飞蛾。

“啊！”就在她奋力踏上楼梯，朝光亮奔去的时候，不料一脚踩空，一下子摔倒了。她惊恐万分，赶紧爬起来，正要继续往上跑，却被猛地拽向了后方！

“啊——”

郑惠英发出一声凄厉的惨叫，瞬间被吞没在黑暗当中。

洒泪雨[1]

“叮咚。”

一大早居然有人来按门铃，小星惊讶地朝门口转过头去。这个时间来她家的人只有一个。

小星朝门口走去，眉头紧锁。

“谁呀？”

“是妈妈。”

不出所料……

小星准备完毕走出房间。聪聪叼着背带迎了上来，它不停地摇着

① 农历七月七日，即七夕所下之雨，预示着漫长的离别。

尾巴，似乎很期待这次难得的出行。

“聪聪，我今天不能带你去了。”

“呜呜……”

聪聪似乎听懂了，立刻泄了气，小星抚摸着它的头。

“抱歉。今天你在家休息吧，我去去就回，不要生气哦。”

小星拿着导盲杖出去了，只剩下聪聪依旧不甘心地挠着门，不停哼哼着。

高级商务车疾驰在路上，小星母女并排坐在后座。车窗外各色繁华转瞬即逝，映照着小星一脸落寞。

母女俩难得见面，妈妈也有些不自在，她只是悄悄地看着女儿的侧脸。司机似乎也觉得母女俩之间的气氛太尴尬，按下了收音机开关。

“预计今天晚上有雨，在此提醒各位听众出门时别忘了携带雨具……”

天气这么晴朗，雨云这一刻正躲在哪里呢？阳光洒落在小星眼神空洞的脸颊上，如同海市蜃楼般不真实。

不知不觉间，商务车已经在“澜湖别墅”的指示牌前拐进了岔路。

很快就会开到别墅门口了。想到这儿，小星下意识地握紧了手中的导盲杖。妈妈明白小星的心思，默默地握住了她的手。感受着妈妈手上传来的温暖，小星朝妈妈的方向转过头去。

“小星，鞋丢了一只，就要买双新的。家庭也是一样。”

妈妈脸上带着慈爱的笑容，对年幼的女儿说。妈妈很紧张，连幼年的小星（10岁）都感觉得到她那涂抹着淡粉色口红的嘴唇在微微颤抖着。

再怎么样也不能拿鞋子来打比方啊。小星看着自己脚上那双闪闪发亮的新漆皮鞋，心里不太痛快。她觉得妈妈确实很紧张，否则她绝对不会把新的家人比喻成只要有钱就能随时买到的新鞋子。

幸好妈妈没跟她扯什么“一双好的鞋子会带你去好的地方”之类的话。不管怎么说，看在妈妈的面子上（如果她继续这么紧张，到时候就难免出丑了），小星决定给新的家庭成员留下个好印象。

妈妈不停地抚摸着小星那梳得很漂亮的发辫。妈妈看起来很美，美到足以去迎接一个新的开始。

车窗外的风景变成了开满各色鲜花的林间小径，远远望去，澜湖别墅的大门特别气派。小星很喜欢，一切似乎都会很顺利，她心里越来越期待。

小星的继父正在大门口等她们，他看起来很和善。看到他，小星的心里突然“扑通扑通”地打起鼓来。

小星牵着妈妈的手下了车，一眼就看到一个小男孩正躲在继父的身后，偷偷地探头往外看。他就是梁聪（7岁）吧？看到小星，梁聪似乎很喜欢这个新姐姐，羞涩地笑了。他的样子很可爱，小星也微微笑了笑。

“梁聪！你快下来。”

梁聪像只小松鼠一样在别墅各处乱窜，小星一路追得气喘吁吁。此时，梁聪又爬到了后园的天使雕像上，小星仰头对着他大喊。

“路小星！不如你也上来吧？”

梁聪想给小星看看天使雕像上面的那个鸽子窝。现在终于有了一个可以分享一切的姐姐，孤独已久的梁聪很兴奋，他想把自己喜欢的、新奇的东西都给她看。

看着两个孩子相处地如此融洽，妈妈和爸爸这才放下心来。这是多么难得的缘分。夫妻两人的手紧紧握在一起，暗暗发誓要用这一辈子来证明两人都做了今生最正确的选择。

“爸爸！我可以带姐姐去看她的房间吗？”

梁聪小脸通红，把手拢在嘴边大喊着。爸爸觉得今天的他格外乖巧懂事。

“当然可以！”

爸爸的话音刚落，两个孩子就消失在了一楼客厅的门口。夕阳下，夫妻俩身披一身霞光，看起来是那么祥和幸福。

去年秋天没来得及回到大地怀抱的落叶，荒凉地蜷缩在后园天使雕像的脚下。没有了鸽子窝和梁聪，只剩下天使带着泪痕般的青苔俯视着小星。

后园的一切都因为自己而改变了。站在这里，小星会有何感想呢？

“吱嘎——”

小星向二楼客厅走去。楼梯在她脚下呻吟，声音如同她的心情一样沉重。

一步，一步。小星艰难地向上走着。妈妈看着她的背影，心疼极了。活到自己这个年龄，会知道这一切不能归咎于某个人，该发生的自然会发生。可是，如今只有26岁的女儿却领悟不到这些。她只能扛着沉重的痛苦，继续煎熬下去。

可是，尽管这份痛苦只能由女儿自己来经历和领悟，已经步入老年期的妈妈却依然企盼女儿能少痛苦一点，企盼自己能替她分担一些。

房间里早已失去了人的温度，所有东西上都落满灰尘，逐渐褪去了颜色。

这个房间曾经阳光满溢，明亮得没法玩捉迷藏。在这个房间里，小星和梁聪一起度过了一段比阳光更灿烂的时光。如今，耀眼的阳光和开心欢笑的梁聪都不见了。这时，什么地方传来了尤克里里琴的声音……

“嗵——”

年幼的梁聪全神贯注地弹着尤克里里。只见他微微皱着眉，真像个音乐人似的，煞有介事地摆弄着手里的乐器。小星在旁边笑个不停，觉得他的样子可爱极了。

“嗯，嗯。这可是我把压岁钱攒下来给你买的，你要好好练习哦。”

“嗯！我一定好好练习。”

小星难得做了回姐姐该做的事，说起话来底气十足。梁聪看着姐姐，小脸红扑扑的，好像熟透的苹果。

“将来你一定要弹好听的音乐给我听，知道吗？”

“嗯！”

梁聪朝小星点点头，他的神情中流露着跟他小小年纪不相符的坚定。小星觉得他很了不起。

“哇！我弟弟真像个音乐人！太帅了！”

“我一定会成为一个音乐人的，姐你也一定要做一个帅气的警察！”

两人看着彼此的眼睛，说着对未来的期许，柔和的阳光如同祝福一样洒在他们身上。

小星把尤克里里拿在手里，指尖不停地颤抖着。她颤颤巍巍地摸着琴，灰尘翻飞起来。小星感觉到了灰尘，嘴唇微微抖了一下。她连忙把琴放回原处，转过身去，结果一不小心把琴碰到了地上。

“咣——”

伴随着尤克里里破裂的声音，梁聪的咆哮在小星耳边响起。

“为什么不让我做音乐！为什么把我关在这儿！凭什么！”

小星下意识地捂住了耳朵，她觉得两手被铁链绑住的梁聪似乎马上就要咆哮着扑向她。

“小星！”

小星慌忙往楼下走，妈妈一脸担忧地迎了上来。小星吓得脸色发青，她摸索着走下楼梯之后，径直朝门口跑去。

“小星，你没事吧？”

听到妈妈充满担忧的声音，小星这才停住了脚步。

“这就要走吗？”

“……”

“什么都不想带走吗？”

“……”

妈妈看着惊恐的小星，心里说不出地难过，对她来说，连待在这儿都这么痛苦吗？到底要过多久，她才能从痛苦中摆脱出来呢？只要能把女儿的痛苦转移掉，妈妈甚至不惜付出一切。

“小星，拿着这个……”

妈妈把一样东西塞进了小星颤抖的手里。

“这是震动导盲探测器。很多时候，有些障碍物用普通的手杖碰不到，这个会通过震动来提醒你。震动越强，障碍物离你越近；震动越弱，离你就越远。”

妈妈一边说明使用方法，一边打开了遥控器，强烈的震动从小星的手里传来。

“看来对你来说，妈妈也是障碍……小星，永远不要忘了，不论如何，妈妈都在离你最近的地方。”

妈妈用力握了握小星的手，然后把手松开了，把遥控器留在了小星的手里。这一次，小星并没有拒绝。

“小星，看到你这么痛苦，妈妈也很难过。那件事只是一场事故，你梁叔叔并不埋怨你，你……”

“我走了。”

小星打断了妈妈的话，转过身去。

“小星，等一下！”

妈妈一把拉住小星的胳膊。

“其实，我一直想告诉你来着……这个周末，Pole Star乐队开演唱会，纪念梁聪去世三周年。咱们一起去，好好送送梁聪……”

小星猛地甩开妈妈，手里的探测器遥控器也滚到了楼梯下面去了。

“我有什么脸去！你居然让我去那儿？如果不是我，梁聪现在应该跟那些人一起站在舞台上，他应该已经如愿以偿地当上了乐队的主唱……”

“小星……”

“如果不是我，现在所有人都会很开心！你不会跟梁叔叔分手，梁聪也不会……那时候，我真应该跟梁聪一起掉下去……我应该跟他一起去才是。”

“小星，别这么说……”

小星大步朝门口走去，她无法再继续面对妈妈。她毫不迟疑地开门走了出去，把妈妈一个人留在了偌大的房子里。

小星踉踉跄跄地朝别墅大门走去，一直压抑着的泪水终于喷涌而出。

“啊！”

她踩空了一级楼梯，差点摔倒。妈妈苦苦挽留着她。

“小星，这么晚了，你自己往哪儿走啊？”

小星一下子停住了，妈妈跑了过来，可是小星却连头都没回一下。

“你不知道吗？对我来说，白天、晚上没什么两样。”

小星展开导盲杖，走进了黑暗当中。望着她越来越不清晰的背影，妈妈重重地叹了一口气。

“轰隆——”

伴随着震耳的雷声，大雨倾泻而下。荒废已久的游泳池里，落叶在雨水汇成的水流中漂浮不定。

死香：死亡之香

“您好，这里是96106出租车预约中心，请问有什么可以帮您？”

雨点敲打在出租车停靠点的遮雨棚上，嘈杂得听不清对方的声音。

“你好。我刚才打电话约了车，可是车现在还没到。我在南湖区顺城路53号出租车停靠点。对……没错，我行动起来有点不方便……”

“恐怕您还得再等上一个小时左右。如果就近有空车的话，司机会跟您联系的。”

小星灰心丧气地挂断了电话。这时候，更多的人挤到遮雨棚下面避雨。小星也随之越来越被挤向外边，倾盆大雨中，她的头发和肩膀都湿透了。

这时，一辆出租车开进了停靠点。人们蜂拥而上，争相上车，有的人还因此而吵了起来。这时的人们就像夺食的野兽一般。

正在这时，又一辆出租车开了进来，剩下的人们立刻冲了上去。拥挤当中，小星被挤得更靠外了，她吃力地站在那里。

人们纷纷撞着小星的肩膀，从她身边走过去，可是没有一个人留意她这个盲人。

雨越下越急了，雨点更加猛烈地敲打着遮雨棚。小星愣愣地听着雨声，紧紧地咬住了嘴唇。此时，她身边只剩下一个打扮入时的年轻女孩。

这个女孩看着似乎很生气，正看着手机不停地嘟囔着：

“靠！到底他妈的约不约啊！”

听到女孩轻浮的声音，小星的心头一震，她明显感觉得到那女孩的烦躁。

“嗞——”似乎是女孩把手里的烟头扔进了雨中。

“都迟到20分钟了，还配叫什么‘只要有你陪’！滚蛋吧！姑奶奶不奉陪了。哼！”

女孩火冒三丈，干脆关掉了手机。正巧这时来了一辆出租车，她坐上车飞驰而去。

如今，只剩下小星一个人了。她落寞地站在灯光下，如同世界上只剩下她自己。

小星慢慢走到了遮雨棚边缘。

“嗒！嗒！嗒！”

雨点急急地滴落在她手上，瓢泼大雨丝毫没有放缓的趋势。

小星哆嗦了一下，赶紧退了回去，然后掏出了手机。衬在蓝色的屏幕灯光下，她焦急的神情像一只被遗弃的小奶猫。

出租车预约中心还是没消息，不知道到底要等到什么时候。但是除此之外，她也没有别的办法。面对这样的大雨，作为一个视觉障碍者，她能做的只有等待。

“轰隆——”

一声巨大的雷声后，一道可怕的闪电在天空划过，似乎要把漆黑的夜空一下子劈裂。雷声巨大的声响让小星下意识地抓紧了手里的皮包。

就在此时，她听到车轮碾过雨水，在停靠点前停下来的声音。她满心欣喜地朝声音传来的方向扭过头去，一系列的影像在她眼前展现——

引擎的声音很轻快，略微发热的车前盖上冒出丝丝的热气。

伴随着车身震动，后保险杠下面的排气管排放出的尾气在雨中飘散……

这时候，车顶上的灯亮了起来。是出租车！

“你好，是你约的吗？”

伴随着车窗摇下来的声音，一个低沉的声音问，是司机。

“对！”

小星朝声音传来的方向亲切地笑着，点了点头，然后连忙拉开皮包的拉链，把导盲杖拿了出来。她摸索着走出遮雨棚，发现车就停在跟前。早知道这样就不必拿导盲杖了。也难怪，雨下得这么大。司机贴心地把车开到了紧挨乘车点的位置以方便乘客上车，这让小星觉得之前的疲惫减轻了很多。

小星默默地把导盲杖折起来放进了包里，然后摸索着打开了后座的车门。小星刚一坐上去，就听见一个声音，“咔，咔咔……”

应该是出租车计价器工作的声音。小星这才拿出手帕，擦着被雨淋湿的头发和肩膀。

司机透过后视镜紧盯着小星。

“不好意思，我把车都给弄湿了……”

“没关系，倒是我应该先跟你道歉，等很久了吧？”

“没关系，我能理解。雨这么大。其实，我没想到您来得这么快，以为还得再等一会儿呢。”

“去哪儿？”

“南湖中街，阳光家园。”

车开动起来，司机依然从后视镜中看着冻得不停发抖的小星。他把手伸向了暖风开关。

“你都淋湿了，很冷吧？我把暖风打开。”

“好，谢谢……可是这车里怎么有股奇怪的味道？”

“啊？哦……来之前我把车洗了，可能是消毒液的味道。”

“哦，这样啊……”

下雨天居然洗车？小星心想，看来这车肯定很脏，或者是之前的乘客不小心把车弄脏了。

“我开窗透透气。”

小星打开了后车窗，雨水猛地灌了进来。可是对于小星来说，她最先感受到的却是车行进的声音和随之传来的震动。

“雨都进来了，快把窗户关上。”

司机不等小星动手，就匆忙按下按钮，关上了后车窗。

“对不起。”

小星担心雨水把车座打湿了，于是伸手摸了摸。这一摸，她才发现，这是非常高级的皮质坐垫。

这时，司机从抽屉里拿出一罐咖啡，递到小星面前晃了晃。他腕上的手表也随之哗啦哗啦地响了几下。听到声音，小星抬起头来。

“喝点热咖啡暖和一下吧。”

“啊？”

小星不好拒绝，把咖啡接了过去。

“谢谢。对了，师傅，这是高级出租车吗？”

“什么？”

“坐垫是皮的……而且还给乘客准备咖啡。”

听了小星的话，后视镜中，司机的眼睛瞪大了。

“我没预约高级出租车。不好意思，我带的钱可能不够。”

司机这才回头看了看小星，然后伸出右手，在她眼前晃了晃。他右腕上的手表再次发出哗啦哗啦的声响。

“您不用试探了，我确实是个盲人，所以没发现这是高级出租车，就稀里糊涂地上车了……”

听小星这么一说，司机的脸上掠过一丝惊讶。

“哈哈……看来咱们都误会了。接你的车还没到，我要接的人也没来。”

小星闻言也有点惊讶，她笑了笑。果然是误会了。

“事已至此，费用什么的就以后再说吧。对了！请把咖啡给我，我帮你打开。”

“不用了，这么简单的事我自己还可以。”

“给我吧，我帮你打开。”

“真的不用了，想喝的时候我自己开。”

“拿来！”

“啊？”

司机的语气突然变得很不客气，小星愣住了。这时候，司机向后伸出手来，要抢走小星手里的咖啡。

“不用了！”

小星如此坚决地抗拒，这让司机很意外。

“别固执了，快给我！”

突然，就在司机把咖啡从小星手里抢过来转过身去的瞬间，一个黑影猛地朝车的挡风玻璃袭来！

“嘭！”

挡风玻璃被撞碎了。

“吱——”

车轮滑过雨中湿滑的地面，勉强停了下来。

此时，那样东西已经被撞飞到车顶，把顶灯撞碎了，接着就势滚落到了车后。

“啊！”

紧急刹车的惯性使得小星的头一下子撞到了副驾驶座位的靠背上！她包里的东西也七零八落地撒到了座位下面。

“呼，呼……”

只是一眨眼的工夫，一切都发生在转瞬之间。小星逐渐缓过神来，连忙直起身来。她不敢相信刚才发生的事情，慌张地四下张望着。

这时，她听到“哐”的一声车门声响。司机下车了吗？车门用力摔上的声音把小星吓得哆嗦了一下。

“啪嗒，啪嗒，啪嗒。”

司机踩着雨水走到车后，在因为接触不良而闪烁不定的路灯下，他的面孔时隐时现。唐峥面无表情地看了看脚下，似乎有些不快。沿着他的视线看下去，一个女人（丁佩佩）正一动不动地躺在他脚下，生死未卜。

“操……”

唐峥叹了口气，把丁佩佩拖到车旁，他的脸上没有丝毫的表情。

到底怎么回事？刚才明明感觉撞到了什么东西。小星独自留在车里。莫非是撞到人了？

“呃……”

呻吟的声音！

怎么回事？小星耳朵上的茸毛都竖了起来。

“吱——”

“呃……”

伴随着后备箱开启的声音，呻吟声再次传来，分明是一个女人的声音。

小星突然有种不祥的预感，她慌忙把撒落在地上的东西捡起来放进包里。

这时，车身突然摇晃了一下，什么东西被放进了后备箱里。

小星觉得不能再这样下去了，于是拿起皮包匆忙下了车。慌乱之中，一个白色的盲文记事本掉在了车里。

“出什么事了？撞到人了吗？”

小星焦急地问道，唐峥瞄了她一眼。

“没事儿，是只流浪狗。”

唐峥看了一眼后备箱中浑身是血的丁佩佩，“哐”的一声把后备箱门关上了。

“狗？”

“对，没什么事儿，快上车吧。”

“不会吧？如果是狗的话，怎么可能连挡风玻璃都给撞碎了呢？”

小星满腹狐疑地朝后备箱走去，唐峥一把拉住了她的胳膊。

小星本能地甩开了他！

小星的抵抗让唐峥有些吃惊。他看了看小星，敷衍道：“真的是只狗。你都淋湿了，快上车吧。”

“等一下。”

小星把手机掏了出来。唐峥见状，慌忙粗鲁地扯住了小星的胳膊。

“你要干什么？赶快上车！”

“放开我！”

小星用力甩开唐峥，手机掉到了地上。

小星赶紧俯身下去在地上摸索着手机，唐峥野蛮地把她拉了起来。这时候，一道车灯远远射了过来，唐峥皱了皱眉。

“快上车！”

“你干什么，放开我！”

唐峥用蛮力把小星往车上拽，小星则拼尽全力地抵抗着。在两人撕扯的过程中，唐峥忽然发出一声痛苦的惨叫。

“呃！”

原来是小星把他的手腕反扭了过来。

小星的反击让唐峥有些慌乱。这时候，远处车辆的灯光越来越近了，他急躁起来。

“啊！”

唐峥用尽全力一肘打在了小星的脸上。小星惨叫一声倒在了地上。唐峥狠狠地瞪了她一眼，然后匆忙上了车。稍后，小星听到车轮碾过雨水疾驰而去。

小星慌忙在地上摸索着，她的指尖终于碰到了手机！

“嘀嘀——”

伴随着刺耳的汽车鸣笛声，一道强烈的车前灯光朝蜷缩在地上的小星扑了过来！

Blind

“身份证？刚才不是给你了吗？”

一个酒鬼像个大爷似的躺在公安局的椅子上，手里拿着剩半瓶的白酒，几个警察正忙着跟他周旋。

“这是身份证吗？”

警察把手里的卡片递到酒鬼面前，那是一张游戏闪卡。

就在警察们哭笑不得地跟酒鬼纠缠的时候，一个戴着粗镜框眼镜的新警察（后文都简称为“眼镜警察”）正在后面的办公桌前生疏地做着笔录。

“事故发生的时候，您就坐在出租车里？”

小星的头发依然湿着，她坐在眼镜警察的对面，态度很坚定。

“对。”

“您的意思是……那个司机撞了人……然后逃逸了……对吧？”

这个问题都反复问了好几遍了，眼镜警察的打字水平让人不敢恭维，做个笔录就让他忙乱不已，问过的问题又再问。小星很郁闷，下意识地提高了声调。

“对！现在不是说这个的时候，您应该赶快去调查一下。”

“啊？可是事故现场已经调查过了，并没发现任何血迹……”

“那是因为一直在下大雨。”

小星打断了眼镜警察的话。

“啊，大雨……”

“这样拖下去，那个女人说不定真会没命的。真到那个时候，我也不会把这起事故当作简单的交通事故来报案的。您应该也很清楚，那样的话，这就是一起刑事案件。”

眼镜警察瞬间愣住了，面对小星斩钉截铁的话语，他下意识地咽了一下口水。眼镜警察的神情看起来很迷惑，这个女人难道是内部监察人员？

眼镜警察赶紧起身，倒了一杯热水，恭敬地送到了小星面前。

“看您全身都淋湿了，先喝点热水，慢慢说。”

闻听此言，小星的脸色变得很冰冷。

“现在没时间慢慢说，有人受伤了！”

眼镜警察被她说得一愣，手里的水杯不知道是该放下还是拿走。不喝水，那先做笔录？

“嗯，可当时司机不是说撞到的是条狗吗？”

眼镜警察回到座位上，眉头紧锁，神情夸张。他想表现得认真一些，看起来却很滑稽。

“可我确实听到了人的呻吟声。”

“可您毕竟没有亲眼看……”

眼镜警察下意识地咬住了嘴唇，面对一个视觉障碍人士，他犯了一个不该犯的错误。为了挽回局面，眼镜警察尽量用询问普通人的语气接着问道：“OK，当时大约是几点？”

“应该是9点10分左右。”

“您怎么这么肯定？”

“因为我是在刚过9点的时候上的出租车。请问，您现在是不相信我的话吗？就因为我的眼睛看不见？现在不赶快采取行动，那个女人很可能真的性命难保！”

小星的语气坚定又焦急。眼镜警察有些不知所措，不断抓着自己的头发。这时，躺在椅子上的酒鬼猛地站起来，高举着酒瓶子大喊大叫起来，然后突然开始呕吐。警察们有的拿垃圾桶，有的找塑料袋，现场一片混乱。

“请稍等一下！”

眼镜警察赶紧趁此机会起身，去帮其他警察。

小星对他的态度很不满意，脸色变得很难看。

小星对面的办公桌方向，有人打了个大大的哈欠。小星朝声音的方向转过头去。一个人一边伸懒腰，一边从台式电脑显示器后面站起身来，他是昨天执行了一夜潜伏任务而今正在补觉的鲁力。

鲁力觉得全身酸疼，他的脸皱成了一团，一瘸一拐地走到了正跟酒鬼纠缠的同事们身边。

“嗯？这不是刘春大哥吗？哇！我老早就想见您一面，没想到在这儿碰上了！”

酒鬼醉眼迷离地盯着突然冒出来的鲁力。

“你谁呀？咱们认识吗？少跟我套近乎！嗝！”

“谁不知道堂堂六斤哥刘春的大名啊？七分钟内干了六瓶二锅头！您现在简直就是个传说，视频在网上都传疯了。太牛了！”

鲁力谄媚地竖起了大拇指。酒鬼似乎特别受用，像个得到冰激凌的孩子一样嘿嘿笑起来。趁他不备，鲁力一把抢过了他手里的酒瓶。

“赶紧处理。”

鲁力冷冷地说了一句，之前跟酒鬼折腾得满头大汗的同事们对他竖起了大拇指。

酒鬼手里的酒瓶被人抢走了，他一脸哭相地看着鲁力。可是这时，鲁力正揪着眼镜警察唠叨呢。

“眼镜！我不是让你整理郑惠英失踪案的报告吗？赶紧去。”

听了鲁力的话，眼镜警察有些不知所措，一下手忙脚乱地坐到电脑前，一下又毛毛躁躁地起身去拿资料。鲁力看着他，一副无可奈何的样子。接着，鲁力看了小星一眼，自言自语地嘟囔道：“事件描述还真准确……”

“有的人眼盲心不盲，有的人眼睛倒是不盲，可惜是睁眼瞎。”

鲁力只是随口一嘟囔，小星却明确地说出了自己的看法。鲁力惊讶地看着她。站在旁边的眼镜警察觉得小星在影射自己，立时变得愁眉苦脸。

鲁力冲眼镜警察甩了个手势，示意他走开，然后来到小星跟前。

“路小姐，您刚才说的话我都听到了。我叫鲁力，是市公安局刑警队队长。”

小星面向鲁力，眼睛正视着他。鲁力一愣，瞬间有种错觉，以为她能看到自己。

“嗯！您提供的线索非常及时，也很重要。我们马上就派人到车祸现场附近去盘查，看看方圆一百里之内有没有失踪人口报案。”

听了鲁力的话，小星的神情这才缓和下来。

“一旦发现线索，我们会立刻着手侦破。您身上都淋湿了，今天就先回去休息吧。”

如今的小星浑身都湿透了，坐在那里样子十分憔悴，估计不论谁看到她都会劝她回去休息的。

可是小星似乎仍然不放心，她努力寻找鲁力的方向，想要得到更多保证。鲁力被她搞得有些不自在，下意识地挠着头，皱起了眉头。眼镜警察偷偷瞄着他。

“哈——嗯！”

鲁力忽然打了个很不体面的哈欠，他伸着懒腰，全身骨节咯咯作响，看得出来他确实已经疲劳到极点了。

“看来今天又不能回家了。这位小姐说得对，睁眼瞎太多了。”

鲁力一改刚才吊儿郎当的态度，语气变得很认真。小星听了他的话，这才站起身来。

“谢谢您，那我就先走了。”

“啊，稍等一下。哎！眼镜！这位小姐不太方便，你送她回去。”

“鲁力警官，我没关系。您还是先顾好您自己的腿吧，您才真不方便呢。”

小星冷冷地说了一句。鲁力和眼镜警察惊讶地面面相觑，他意识到自己失言了。鲁力想起以前看过的一个电视节目，里面曾经提到过“过度的照顾对于残障人士来说也是种差别待遇”，自己果然是失言了。

眼镜警察愣愣地站在原地。鲁力猛拍了他后背一下，对他使了个眼色。

眼镜警察这才伸手去搀扶小星的胳膊，可是小星却挣脱了他的手。

“没关系，您只要把胳膊借给我用一下就好。”

“啊？哦，好。”

小星展开了导盲杖，另一只手扶着眼镜警察的胳膊，走了出去。鲁力一直目送她出去，同时用手慢慢揉着酸痛的右膝。小星居然猜到他的右膝有伤，就像亲眼看到了似的。鲁力纳闷地歪起了头：“她是怎么知道的？”

野兽逼近

“啪！”

日光灯亮了起来，丁佩佩不禁皱起了眉头，突然亮起的灯光如同针尖一样刺痛了她的视神经。

“这儿……是哪儿？”

丁佩佩的意识已经清醒了，可是她的身体却依然徘徊在昏迷的深渊当中。

“呃……”

她想发出声音，可是她的声道却什么声音都发不出来。

“我怎么会在这儿？”

丁佩佩不敢相信自己还活着，对于身边的一切，她觉得十分不真实。

到底出什么事了？

她觉得应该先分清现在到底是做梦还是现实。如果是做梦的话，这实在是个可怕至极的噩梦。可万一是现实呢？

这个想法让丁佩佩觉得全身发软。这一定是个梦，只要梦醒了，这一切就都会不复存在。想到这儿，她猛地睁开了眼睛！

丁佩佩缓缓地打量着四周，首先进入她眼帘的是深灰色的天花板。这是地下室吗？在浓重的药水味当中，确实掺杂着一丝潮湿发霉的味道。相比于陌生的药水味，倒是这种熟悉的潮湿霉味唤醒了她嗅觉的记忆。

丁佩佩把头慢慢转向自己的旁边。突然，她看到了一个女人（郑惠英）躺在冰冷的手术台上，身上盖着白布。只见她昏迷不醒，手脚都被粗铁链缚住了，身上插着吊瓶针头。丁佩佩吓坏了，她慢慢朝下方看去。

瞬间，丁佩佩被异常的恐惧包围着，原来她也和旁边的女人一模一样地躺在手术台上。

偌大的地下室里空空如也，丁佩佩躺在一个角落里。如今的她已经吓得快要崩溃了。要不要呼救呢？丁佩佩动了动嘴唇，可是喉咙里却发不出任何声音。

这时，她忽然听到“哗啦”一声，翻书的声音！丁佩佩朝声音的方向转过头去。

她惊恐万分的眼里，映入一个男人的身影。只见他戴着手套，手里拿着一个白色的记事本，脸被挡在了记事本后面。他正慢慢地翻阅着。

“抱歉……”

这个男人的声音非常平静，甚至可以说很温和。听到他的声音，丁佩佩的恐惧达到了极点。

随后，男人放下了手中的记事本。他的脸也随之显露出来，是唐峥！

他的脸很瘦削，看起来有些尖刻，同时又显得很老成。唐峥缓步朝丁佩佩走过来。

丁佩佩的脸因为恐惧而扭曲了起来，她拼命挣扎，可惜无济于事。唐峥来到她身边，慢悠悠地打量着她满是鲜血的脸。

“我不是有意弄伤你的……”

“……”

“我原本打算放你走……可谁叫你的手机里也安装‘只约’了呢？”

此时的丁佩佩已经魂飞魄散了。

“呃……呃……”

丁佩佩的喉咙里发出了怪异的呻吟声。别杀我！放我走吧！求求你……

唐峥眼神迷离地看着丁佩佩哀切的眼睛。

“咱们，约吗？”

唐峥的嘴角微微上扬了一下，接着，他的神情瞬间变得冰冷无比。

“呃……呃……啊啊啊！”

伴随着丁佩佩的惨叫，鲜红的血液喷涌而出！

血溅到了搁板上的白色盲文记事本上，记事本的封面渐渐被血浸透，只见那下端写着两行字。

如拾到请跟我联系，不胜感谢。

路小星13901242204

信

大型户外LED显示屏上，一连几天都在播放女大学生失踪的新闻。来来往往的行人也都忙着用手机浏览着相关报道。

“女大学生郑惠英已经失踪整整5天，如今依然下落不明。很多热心网友通过微博、微信等网络渠道来帮忙搜集相关线索，可惜收效甚微。案情依旧扑朔迷离……”

跟往常一样，小星的一天从收听广播新闻开始。有关失踪女大学生的报道从收音机里传出来。

浴室里的水声回荡在整个客厅当中，盖过了新闻主播的声音。小星正手法娴熟地给聪聪洗澡。全身湿透的聪聪坐在浴缸里，样子特别滑稽。突然，它抖搂着紧贴在身上的毛，水溅得到处都是。

“呵呵，好，我知道了。对不起，行了吧。下次我绝对不会把你自己留在家里。啊！聪聪！”

聪聪满身是水地冲过来，对着小星的脸一通狂舔，又钻到她怀里。小星也很开心，正打算跟它玩水。

突然，聪聪停了下来。它竖起耳朵，似乎听到家门口有脚步声。

“聪聪，怎么了？”

小星的指尖感觉到聪聪的肌肉因为紧张而僵硬起来。

“聪聪！”

聪聪突然冲出了浴室。面对聪聪的反常举动，小星也紧张了起来。小星一边侧耳听着门外的动静，一边慢慢走出了浴室。

聪聪的身上依然在往下滴水，只见它紧盯着房门，喘息声很粗重。听到聪聪的喘息声，小星的心也“扑通扑通”地跳了起来，她小心翼翼地朝门口走去，突然！她停住了。

“嗵！嗵！嗵！”

敲门声。与此同时，聪聪也叫了起来。

“汪！汪！汪！”

“嗵！嗵！嗵！”敲门声再次响起。小星努力让自己镇静下来。

“哪位？”

这时，伴随着门铃声，可视电话的画面也亮了起来，是眼镜警察。只见他把脸凑近可视电话感应镜头，还不停地挥着手。

“啊！”

站在他身后的鲁力对着他的后脑勺扬手就是一巴掌。

“你这样，人家就能看见你啦？”

听了鲁力的话，眼镜警察这才恍然大悟，尴尬地挠了挠头。鲁力把眼镜警察拉到身后。这回轮到鲁力那张不冷不热的面孔出现在可视电话显示屏上。

“路小姐，我是刑警队长鲁力，咱们昨天在公安局见过。关于您报案的那起肇事逃逸事件，我们想跟你聊几句，能开下门吗？”

听到可视电话中传来的鲁力的声音，小星紧张的神情这才缓和下来。

鲁力和眼镜警察走进小星家，本能地四下打量起来，这应该算是种警察职业病。

鲁力站在干净整洁的客厅中，凭直觉断定她不是那种信口开河的人。

而这时，眼镜警察正开玩笑似的跟聪聪做着眼神较量。鲁力瞄了眼镜警察一眼，无奈地笑了。

“请这边坐。”

听了小星的招呼，两人这才在沙发上坐了下来。

“这次我们来，是因为昨天晚上的笔录。根据您提供的线索，我们在事故地点一带做了调查，那附近果然有人失踪，而且也确实是个女人。所以在这种情况下，按正常的流程……”

“您要问车的型号、车牌号码、司机的年龄段和身材。”

“没错。”

小星打断鲁力的话，言简意赅地说出了自己的想法。对此，鲁力似乎也已经习惯了。

“很遗憾，我不知道那辆出租车的车型。但是，司机大约三十岁出头，个子比较高，超过一米八……大概一米八二、八三的样子。体格健壮，声音低沉。至于车牌号码……就算我不是盲人，在大雨倾盆的晚上也很难看清。”

一番话有条不紊！对于她的回答，鲁力和眼镜警察惊讶得甚至有点感动。两人交换了一下诧异的眼神。

“是啊，雨确实很大。”

鲁力觉得自己真是蠢到家了。这种情况下，他唯一能做的居然是附和小星的话。

小星的敏锐让鲁力很是自惭形秽，再怎么说他也是公认的（至少他自己是这么认为的）资深刑警啊。

“我知道您不相信我。”

“啊，没有，没有！我信！我相信您！否则我怎么会来这儿找您做调查呢？”

“鲁警官，您35岁左右，身高一米八多一点，偏瘦。”

“没错……啊？！”

鲁力不经意地回答了一句，紧接着惊讶得差点站起来。一直在旁边逗聪聪玩的眼镜警察听到这儿也大吃一惊，抬起头来。

“老天爷……自从过了二十岁，人人都说我看着像四十大几……说我这张脸属于急性衰老的类型……看出我实际年龄的人，您还是第一个。要不怎么说那些人都是睁眼瞎呢……”

鲁力兴奋地絮叨着，小星只是默默地摸着聪聪的头。

“您不光长得漂亮，连心灵的眼睛也这么明亮。总之，我无条件相信您的话，绝对相信！”

鲁力情绪激昂地说着。小星再出了一招：

“很多东西不用看也知道。个子可以根据声音传来的高度来判断，体形可以根据脚步声的轻重来判断，至于年纪……算是直觉吧。”

“哦，直觉！这点很重要！”

“即便看不到，也可以知道很多东西。两位早上吃的是韭菜盒子吧？”

鲁力和眼镜警察愣住了，两人面面相觑，同时捂住了自己的嘴。趴在旁边的聪聪似乎也嫌味道难闻，把头扭向了一边。

“要继续吗？”

小星感觉到气氛的异样，问鲁力是否要继续下去。

“当，当然了！继续继续！司机跟您说，他撞到的是条狗？”

问询似乎进入了正轨，眼镜警察拉了把椅子过来坐下。鲁力也掏出笔准备在记事本上记录。

小星的思绪慢慢回到昨天事故发生的时候。

“吱——”

车轮碾过雨水，一个急刹车停了下来。视野中一片黑暗。

“咔，咔咔——”

方向盘旁边，出租车计价器工作的声音。还有那只手。

“大约9点，我在53号顺城路出租车停靠点上了车。司机按下出租车计价器，往西开了大约十分钟，事故就是那时候发生的。一个女人撞到了挡风玻璃上，接着被弹起来砸到了车顶上，翻滚的声音传来。”

“咔嚓！”

伴随着出租车顶灯碎裂的声音，车后传来摩擦音……

“我听到翻滚的声音和出租车顶灯破碎的声音。就算是再大的狗，也不可能发出面积那么大的声响。”

车身摇晃了一下，后备箱里肯定装进了某种重物！

“他把受伤的女人塞进后备箱了。”

小星的神情有些恍惚，但是声音却很坚定。

鲁力问道：“也就是说，他知道你看不见，所以就骗你说那是条狗？”

“他知道我看不见，因此不会发现什么证据。啊，对了！”

正在记事本上记录的鲁力抬头看向了小星，殷切地等着从她口中说出的线索。

“司机应该是个左撇子。”

“左撇子？”

“哗啦，哗啦！”

司机转过头来，用手在小星眼前晃了晃。

随后，当小星从司机手里接过咖啡时，手指碰到手表时的冰冷触觉！

“他的右手腕上戴着手表！通常，人们不会把手表戴在右手上，那样很不方便。”

鲁力下意识地看了看自己左手腕上的手表，然后又看了看握着笔的右手，用力地点了点头。

“对了，事故是怎么发生的呢？”

“他要帮我开咖啡。”

“咖啡？”

“我说自己能开，可是他非抢着帮我打开，结果就……”

“原来是这样啊，我知道是什么情况了……谢谢您给我们提供了这么多线索。对了，您是怎么知道我跛脚的？”

鲁力看着小星，眼睛眨了眨，似乎真的很想知道。

“因为您的脚步声一声高一声低。”

“啊？哦！”

原来如此！鲁力猛地拍了一下自己的膝盖，一副恍然大悟的样子。

“啊！”

紧接着，他疼得龇牙咧嘴。面对他滑稽的样子，小星的脸上也忍不住浮现出一丝笑意。

“再说了，麝香镇痛膏的味儿那么大，谁都闻得出来。”

“哦……”

鲁力揉着发疼的膝盖，觉得小星确实不简单，并不是所有的视觉障碍人士都拥有这种敏锐的直观能力。

可惜她是个盲人……鲁力突然很替小星惋惜。她这么漂亮，又这么敏锐，无论做什么肯定都特别出众，毕竟她现在都这么出色。

“啧啧啧……”

鲁力突然觉得自己很多管闲事，忍不住咂起嘴来，真是年纪越大越爱操闲心了。

听到鲁力咂嘴，小星惊讶地看向了他的方向。鲁力不好意思地摆了摆手，随后离开了。

市中心，一群穿着轮滑鞋的年轻人风驰电掣般闪过。这些十八九岁的年轻人在街上的行人和车辆间穿行自如，身上散发着似乎永不枯竭的年轻活力。他们是如此自由自在，似乎整个世界都承载在脚下的轮滑之上，肾上腺素在速度中飙升。当他们瞬间疾驰而过时，身边的行人惊讶得纷纷躲闪，而他们似乎特别享受于此，不时发出兴奋的欢呼，响彻灰色的天空。

这群青春张扬的年轻人滑到了几天前丁佩佩失踪的事故现场。林冲滑在最前头，经过事故现场之后，他不但没减速，反而突然以一个不可思议的转弯“嗖”地折了回来。

林冲在悬挂于事故现场的告示前来了个紧急刹车，脚下的轮滑在急剧的摩擦之下火花四溅。

林冲专注地读着告示的内容。只见他头发染成了鲜黄色，耳朵里塞着耳机，那样子让人一看就知道他是个玩世不恭的叛逆派。林冲把歪戴着的帽子正了正，嘴角露出坏坏的笑容。

“4月11日晚上9点35分，东城区交警大队接到报案……翠华路西边发生交通事故肇事逃逸案件……根据东城区交警大队调查的结果，肇事车辆为一辆高级出租车……高级出租车？”

林冲念到这里，不屑地笑了一下。

“切！”

林冲刚要离开，似乎又发现了什么，不禁停住了脚步。林冲再次从头念着告示上的内容。

“东城区交警大队正在搜集相关线索，对于提供重要线索的报案人，将予以重谢。”

重谢?

林冲赶紧默记下写在下面的联系人和电话号码。

“必有重谢。必有重谢。嘿嘿！兄弟们，说是必有重谢。哈哈哈哈！”

林冲恶作剧似的笑着，朝着同伴们追了过去，背影如同插着翅膀般自由。

另一个目击者

“所有开高级出租车的男性司机的照片都在这儿了，一共是568人。”

伴随着眼镜警察的简单介绍，高级出租车司机们的照片资料在市公安局小会议室中的大屏幕上快速闪过。

“嗯……”

鲁力坐在会议室桌旁，十分专注地看着不停变换的照片，仔细观察着照片中的男人们。

“身高一米八二或一米八三……体格健壮，三十出头……”

鲁力重复着小星对于司机外形的描述。

“而且还是左撇子。”

眼镜警察在鲁力旁边坐了下来，补充了一句。

“嗯……”

鲁力像乌龟一样缩着脖子，紧紧盯着大屏幕。伴随着他指尖的活动，回响在会议室当中的鼠标声音时快时慢，时而又停上一会儿。终于，他在一张很符合小星描述的照片上停了下来。

“是不是这家伙……”

眼镜警察看向了大屏幕，照片中的男人在外形上虽然有些相像，但是在感觉上却似乎差了那么一点，但眼镜警察还是记下了照片的编码，然后看着鲁力。

鲁力等眼镜警察记录完毕，又将鼠标移向了下一张照片。

“如果不是左撇子就没戏了。”

“我总觉得这个案子……不那么简单。”

“这算是一个资深警察的直觉吗？”

对于眼镜警察的调侃，鲁力并没什么反应。自从跟小星核实过情况之后，他一直觉得这个案子里有蹊跷。这种在一线千锤百炼中练就的直觉非常精准，如果忽略这种直觉，十有八九会导致超乎想象的结果。而一想到这可怕的结果是他膝盖上的伤痛，鲁力用力地搓了搓脸。这伤痛源于力图捕捉罪犯的偏执，却由此而忽略了有可能出现的突发状况。

“你真的相信吗？”

眼镜警察冒失的问题打断了鲁力的思绪。

“相信什么？”

“路小姐的话，我在想是否真的应该按照她说的来调查。”

“眼镜，你能猜出我今天早上吃什么了吗？”

鲁力一句话就堵上了眼镜警察的嘴。

“我错了……”

“懒得认真查资料，刚入行就想耍小聪明？”

“不是，绝对不是！”

“路小星说得没错，有人眼盲心不盲，有人却是睁眼瞎，看不到真正该看到的东西。”

鲁力正专注地盯着大屏幕，眼镜警察问了个非常找打的问题：

“应该是因为她猜对了你的年纪吧？”

“臭小子，你说什么？”

就在鲁力的巴掌即将飞向眼镜警察的后脑时，鲁力的手机响了起来。

鲁力冲眼镜警察使了个眼色，示意他走着瞧，然后接通了电话。

“你好！市公安局刑警队队长鲁力。什么？目击者？”

眼镜警察刚要逃跑，听到“目击者”几个字，一下子定在了原地。

“对，4月11日晚上9点10分左右，思源路靠近水月环岛。您记得车的型号吗？”

鲁力满心期待地等着对方的回答。

“什么？”

鲁力脸上的期待消失得无影无踪，转而变得十分荒谬，他的眼睛一直盯着屏幕上的照片。

“您说……不是出租车？”

“我说过了，不是出租车！”

林冲跷着的二郎腿不停地抖动着，他那双旧轮滑鞋被脱下来整齐地摆在了一边。鲁力在对面看着他，有些哭笑不得。

林冲才不管鲁力对自己有什么看法，他好奇地打量着坐在旁边的小星。接着，他突然把手伸到小星眼前晃了晃。

“哇靠！真看不见啊？”

小星尽管看不到，却分明感受得到他的举动，她强作镇静，眼睛一直看向对面鲁力的方向。

现在的年轻人，哎哟。鲁力不满地瞪了林冲一眼："你确定吗？"

林冲正饶有兴味地在小星面前摆着手，听鲁力这么一问，非常自信地回答道："只要是带轮子的东西，我都门儿清。"

随后，他吊儿郎当地看着鲁力。他的这股劲头既是耍帅，也有点在警察面前不服软的傲气。

"再说一遍，我绝！对！肯！定！是2010年款的大众高尔夫6。要是看错了，我就是你孙子！"

"你的胆子应该不会大到敢在我面前撒谎吧？"

"晕！"

林冲动作夸张地表达着自己的无奈。鲁力看着他，很是疑惑。小星似乎看穿了他的心思，开口说道："我上车之后，明明听到了出租车计价器的声音，而且还跟司机讨论了车费问题。我虽然看不见，但是我听得很清楚。也许……我听到的反而更准确，因为耳朵就是我的眼睛。"

"我说什么了？至于这么夸张吗？"林冲嘲讽道。

小星尽量让自己的情绪不受他影响："我的意思是说，至少我也有最起码的判断能力，分得清是不是出租车。"

话刚一出口，小星就后悔了。自己居然幼稚到跟一个毛头小子一般见识，她无法忍受这样的自己。

“好啊。那就请你竖起耳朵好好听听，我是女人呢，还是男人？”

林冲突然开始掐着嗓子模仿起了女人的声音。小星被他此举气得说不出话来。居然有这号人！

“大姐，你听没听说过百闻不如一见这句话？”

“小子！你怎么说话呢？”

不光小星看不惯林冲那没有礼貌的举动，要不是因为他是目击证人，鲁力真想照着他的脑袋狠捶一下。

鲁力瞪着林冲，林冲却毫不在意地撇了撇嘴。这时，他看到了小星手里的手机。

“哎呀？”

林冲从兜里掏出自己的手机跟小星比较着，两人的手机是相同品牌的同一款。

“哇唔！真新鲜！跟我的手机一模一样。是哪个二百五把这么先进的手机卖给你的？可惜了那么多的APP，你会用吗？呵呵呵，大姐，你被卖手机的给忽悠喽。哈哈。”

这时，一直沉默不语的小星突然麻利地解开手中手机的屏幕锁定，轻车熟路地打开相机，对准了旁边的林冲。

“没事儿多照照镜子，你自己这副模样多没出息，你总该心里有数吧？”

干吗？真没劲。小星的反击让林冲一愣，他看了看小星手机屏幕上的自己。

“哎哟，真晃眼。长这么帅让人不忍直视啊！”

小星被林冲绕了进去，感到非常不快，她不想再被他耍得团团转，只想赶快结束，离开这儿。

她不免有些急躁起来。

“总之我确定，是一辆出租车。”

“我也确定，是高尔夫6！”

林冲毫不示弱，据理力争。小星紧紧咬住了嘴唇。

林冲又揶揄了一句：“我跟某些人不一样，我可是亲！眼！所！见！那天……”

虽然早就知道现在的年轻人不好惹，可是眼看林冲这么肆无忌惮地羞辱小星，鲁力气不打一处来。

“你看清车牌号码了吗？”

鲁力出手帮忙了。

“哎哟……那天雨下得那么大，天又黑，换成大叔你能看清楚吗？”

啧。面对林冲阴阳怪气的挑衅语气，鲁力什么话都说不出来，只是阴沉着脸。

“既然你看到了，当时为什么没报警？”

没错！鲁力正揣着一肚子无名怒火，听到小星一针见血的追问，情不自禁地拍了一下自己的大腿。哎呀……

“这……这个……”

林冲突然语塞，鲁力乘胜追击。

“对呀，你怎么没报警？”

“哎呀！”

林冲很激动，却磨磨蹭蹭地回答不上来。

“你不是亲！眼！所！见吗？那为什么不报警？”

“我真的看见了！虽然离得有点远，但我确实看见了！”

哎呀？鲁力看着有些慌张的林冲，马上趁热打铁，开始进一步的盘问。

“你确实看见了？只不过有点远？”

“对！当时，我离得远，所以看得不太清楚，但是我看到司机下车把被撞的人放进了车里……”

“那你为什么不报案？”

“我以为他把伤者送去医院了！”林冲毫不示弱地大声说。

“臭小子，你说什么？”

“我以为他当然会把伤者送到医院去，所以就没多想。”

“那他把伤者放在哪儿了？前座？后座？”

小星继续犀利地问道。被她这么一问，林冲有些慌乱，来回看着鲁力和小星。

“后……后座！”

“你说谎，他把受害者塞进了后备箱。”

“你怎么知道？你眼睛又看不见，说得跟真的似的。”

“因为那天我就坐在车后座上。”

“什么？”

小星的一句话就把林冲说得哑口无言，他一下子乱了阵脚。

鲁力冷不丁大喝一声：“林冲，你是不是冲着悬赏金来的？”

“什么？”

林冲无比委屈地看着鲁力。

“好你个毛头小子！胆子也太大了吧？居然欺诈到这儿来了！”

见鲁力把自己说成了骗子，林冲忍无可忍，他猛地站起身来，拿起放在一旁的轮滑鞋“哐”的一声用力摔到了桌子上。

“小子！”

“对！没错！一个毛头小子能看出什么名堂来？是，我确实没看清楚，也的确是为了买双新轮滑鞋才到这儿来的！但是，我亲眼看见那车撞了人，虽然不知道他把人塞进哪儿了，但我确实看见了！”

鲁力没作声，只是一脸怀疑地看着他。林冲见状彻底灰心了，面对这些大人，还有什么可期待的呢？林冲突然觉得自己白白为这事儿耗费了这么多精力，实在不值得。

“哼，爱信不信。”

这时候，林冲的手机铃声忽然响了起来。

“黑黑的天空低垂，

“亮亮的繁星相随，

“虫儿飞，虫儿飞……”

听到林冲的手机铃声，小星不禁打了个冷战。《虫儿飞》！是梁聪的歌。

“哎！你怎么回事！一个月都不见人影儿。你哥我都快纳闷儿死了！”

林冲又恢复了原来那副痞气十足的样子。

“啊？你明天也来吗？！九点整，鹿角路练习场，OK！你要是敢不来，我就让你在地球上彻底消失。哈哈哈！好，明天见！”

林冲挂断电话，发现鲁力和小星一直看着自己，不禁噘了噘嘴，似乎在说：“偷听什么？”

这时，敲门声响起。紧接着，一个新女警美然走了进来。

林冲根本没理会：“我现在可以走了吧？反正我都是胡说，悬赏金就免了。”

“臭小子……算了！要滚赶紧滚！”

林冲和鲁力，一个是吊儿郎当的小混混，一个是咄咄逼人的老古板，两人互不相让。林冲拿起旧轮滑鞋，转身刚要离开。

“慢着，林冲，我警告你小子，下回别这样。警方本来就人手不足，就因为你这种无聊的小屁孩儿，我们白费了多少劲儿。下次要是再让我发现你玩这手，看我怎么收拾你。小小年纪，不想着好好学习……”

老古板戏份达到了最高潮！鲁力的这一番教训让林冲很是不爽。

“啊，是，是！忙着长将军肚儿、掉头发的大叔，我哪敢不听您的教诲啊！”

“你说什么？你个臭小子！”

“切！”

林冲“哐”的一声摔门出去了。鲁力的脸气得青一阵红一阵。

“鲁警官，这是您要的左撇子出租车司机的名单。”

站在旁边的女警美然审时度势，递上了一份名单。

鲁力这才说：“哦，好，辛苦了。现在的小孩子呀，真是……”

鲁力的怒气似乎还没平复，一个劲儿地嘟囔着，同时偷瞄了一眼自己的肚子，立时变得愁眉苦脸起来。而此时，小星似乎觉得刚才进来的女警的声音很耳熟，忍不住朝她转过脸去。美然也一眼就认出了小星，她先是惊喜地笑了笑，随后马上又顿住了。

她想起了小星出事故的消息。那场事故之前，小星是警官大学中最被看好的学生，所有人都期待着她毕业后会在警界大有作为。

可是后来居然传来了小星发生事故的消息，而且那起悲惨的事故居然是因为她违反规定引发的。她自己更是在事故中双目失明，还被学校除了名。当时，这个消息无异于一枚重磅炸弹，让整个警官大学一片哗然。

美然努力让自己镇定下来，对小星露出明快的笑容。

“哎？小星学姐？是你吧？”

“美然？”

“学姐，咱们多少年没见了！”

在这样的地方，以这样的方式和熟人重逢，这让小星觉得窘迫不安。要知道小星当年也是警校学员，来公安局自然有可能遇到熟人。可是她之前却一点也没想到，居然还放心大胆地在公安局进进出出。

“学姐，你先忙吧。”

看到小星的脸色有些阴沉，美然故作欢快地道了别，然后连忙出去了。美然自然揣摩得到小星此时是什么样的心情。

“您没事吧？”鲁力问。

“没事，当然没事。”

小星这才如梦方醒，勉强笑着回答。鲁力不无担忧地看着她。

迷雾

太阳才刚下山，于露就已经喝得醉醺醺的，她拿出手机。

“喂？喂？我……早就出来啦……都说了……我在门口，你到哪儿了？”

行人们走过，轻轻瞟了一眼这个口齿不清、大声嚷嚷的女人。于露却丝毫不在意这些，她拿出一根烟，点了火。

“呼……”

她吐了长长的一口气，红色的嘴唇无力地嚅动了一下。夜店的门口还有一些人也喝醉了，她站在其中，踉踉跄跄地巡视周围，眼睛迷迷糊糊地眨着。这时，有盏车灯照向了她。

“还真是马上就到呢……”

车灯很亮，于露眯着眼睛笑笑。她晃悠悠地走向这道光源，样子有点像扑火的飞蛾，高跟鞋细细的后跟像是马上就要断了。她坐进了车，醉眼蒙眬地审视了一遍车，看来还是挺满足的，眼神转向了司机。

“您好，是您预约的吧？”

他低沉的声音有极大的吸引力。于露上了车，像是着了迷。唐峥透过后视镜扫视着她，然后——

“轰轰……”

车开动了，烧了一半的烟，掉到了车外。

“啪——”

小星把窗户关起来，作为4月的雾，浓度高得有些异常。

“呼……”

回过头来想想，小星发现自己的一天闷闷的，充满了困惑，就像在这种雾里徘徊一样。大学的学妹，还有……特别是那个叫林冲的人。

“……”

小星又想起来林冲的手机铃声，那是梁聪的歌。这么一想，她发现自己最近都没有在想梁聪的事情。怎么会发生这种事情呢？过去的三年，小星从未，不，应该是说，她绝对都不可能忘掉梁聪，但是为什么……

小星安慰自己，可能是因为最近发生了太多的事情，太累了。但即便这样，怎么可以！

她认为，自己不应该忘掉梁聪。慢慢地淡忘，然后解开心结？留下的人还得好好活着？她想，自己绝对不可以过这种生活。这就是自己不原谅自己的生活。她一直就是这么相信的，并且是这么走过来的。只是今天，那个叫林冲的人又一次提醒了自己。

“这是要感冒了吗……”

是因为通风的时间太长了吗？小星揉着自己胳膊上起的鸡皮疙瘩，突然感到这个场景有种奇妙的即视感。

“……”

小星惊讶地想起，白天在警察局见林冲的时候，自己的身上也一直起着鸡皮疙瘩，她一直就感觉到一股寒气。这种令人难受的感觉……这种不舒服的感觉在她听到林冲的手机铃声之前就已经有了。想到这些，小星再次因为不舒服和拘谨的感觉而把身体缩了起来。

是因为那个吗？小星想起自己对林冲的玩笑反应过度敏感，以至于和人家产生争执，脸瞬间变得红红的。这和平时的她有一段距离。为什么会有那种反应？只是因为林冲无礼的行为让自己不愉快了吗？再怎么不愉快，也不应该和人家吵起来啊，而且对方还是今天才第一次见到的人……

小星才发现，自己竟然和林冲吵起了架。这种……就是说，能和自己以这种方式吵架的，是只有梁聪才能做到的事情，但是今天竟然和初次谋面的林冲做了这样的事情。

“……”

小星瘫坐在沙发上，觉得两腿发软。看到小星这个样子，聪聪赶紧跑到她的身边。

“没事，聪聪，没事……”

有些事情只有看不到的时候才能感受到。为了能代替失明的双眼，发挥比以往更大效力的感觉器官，嗅觉是，听觉也是。不仅如此，身上所有的细胞都为了保护自己随时警惕着，所以才能够超越原本眼睛所执行的任务，最终……最终……

今天，虽然理智告诉小星身边的这个人是林冲，但是印在她脑海里的却是梁聪的模样。尤其当林冲的手机铃声响起时，熟悉的旋律一下将她拉回和弟弟在一起的那些日子。和梁聪一样，林冲也因为自己无法被周围的人理解而苦恼。不仅如此，林冲那些挖苦的话语中，也和梁聪一样，傲慢之下潜藏着不知前路如何的迷茫。

不，绝对不可能！这只是一些，只要是这段年龄的年轻人，谁都能经历的成长的痛苦而已，没必要把它以这种方式夸大起来！绝对没有！

突然，小星想起来自己封印掉的纸箱。“要把脑袋腾空，不，还是把它塞得满满的！我现在就需要什么东西帮我集中精神！”小星想起，就为了这几天发生的事情，就放下了自己三年来对梁聪的回忆。小星急匆匆地走向储藏间。

“吱，吱吱——”

胶带被撕下的声音，就像是把自己的记忆手册给撕掉一样，这声音刺痛了小星的耳朵。

然后，纸箱有关警察搜查的书正快速地回到自己本来的位置上。虽然小星很着急，但书并没有因此而被放错位置，它们对小星来说，就是熟得不能再熟的书。

《犯罪搜查学》《犯罪心理学》……小星更加热切地摸着那些盲文书。旁边一直开着的电脑也通过音频系统，说出了有关搜查的关联词。

肇事逃亡事故现场犯罪心理分析、恐慌心理、逃逸心理、侥幸心理、对立心理、自我保护心理、对于经济损失的恐惧、肇事逃亡事故现场原因分析与对策研究……

音声识别系统机械地说出一些关键词。小星把这些材料打印了出来。为了去拿打印出来的东西，小星猛地站了起来。这时候……

“……这是很多人都熟悉的童谣《虫儿飞》，貌似是这个乐队的主唱梁聪重新编过曲，但是很可惜，主唱梁聪在三年前的一场交通事故中去世了……”

突然传来了主持人的声音。小星不由自主地停下了脚步。看来是刚才打印的时候不小心按到了什么视窗吧。

“Pole Star乐队的成员选择这个曲子的理由，是为了纪念原来的成员梁聪。他们想用这样的方式让梁聪知道，他们一直为了实现梁聪曾经的梦想而努力，也会一直记得他……”

小星脸色苍白，聪聪看到后也坐了起来。

“呜——”

主持人的声音简直就是魔法师的声音。这个魔法师一下就让小星回到三年前，回到了让她痛苦的回忆中。

梁聪的朋友们站在那里，他们怨恨地看着小星，因为小星正要夺走应该与他们一起唱歌、一起实现梦想的梁聪。

能……被原谅吗？

世界上有一种罪，绝对不可以原谅，也绝对不可以被原谅的。这种罪，小星认为，就是自己犯的。就算世界上所有的人都原谅了自己，自己也绝对不可能原谅自己的那种罪。

“未知来电，未知来电，未知……”

突然传出的手机铃声，一下把她从忧愁中拉回了现实。会是谁呢？手机一直在响，丝毫不理会她的顾虑。

“哐啷……”

咖啡罐掉到了后座的座椅下面，罐上沾着女人的口红印。于露已经失去了意识，昏迷在座椅上，嘴角流出了褐色的咖啡，被经过的车灯照得亮亮的。

唐峥凝视着下了雾的车窗，手里拿的是于露的手机。

“喂？您说话。”

唐峥没有发出声音，只是听着小星的声音。他抚摸着放在机械板上的盲文笔记，眼神就像猫在看自己爪下的老鼠一样，充满戏谑。

“喂？您听不到吗？您是哪位？您说话……”

“嘟……”

看来是被对方挂断了。

“嗯……”

唐峥翻弄着这部已经完成了自己使命的手机，看着手机桌面上于露的照片。过了一会儿，他干脆摸着于露的脸打量着。

“哼……还算可以吧……牙齿，稍微矫正一下……嘴唇，还算嫩……下巴，嗯，稍稍削点。”

就像是在做整容手术之前，做仔细的检查和设计似的，此刻唐峥的表情相当微妙。稍微弯起的嘴角，看不出来他到底是在哭还是在笑，但最奇怪的是他的眼神，就像是在大冬天，被赶出家门似的，悲伤的表情。

唐峥落下车窗，猛地把手机扔了出去，并发动了车引擎。

“咯吱——”

于露的手机瞬间被车轧得粉身碎骨。手机的碎片撒在街上，但没过多长时间，就被这浓浓的、对四月份来说十分诡异的雾给盖住了……

玻璃记忆

市公安局的搜查室内部充斥着设备的噪声和热气，以及仿佛无声的战场似的紧张感，让人几乎喘不过气来。

这些目前最先进的电脑硬件设备密集地放在这一空间里，让人无法估量它们的数量。小星坐在房中间放着科学搜查用录音设备的展台旁，戴着耳麦，正紧张地听着录音证据资料。她的眉头随着音轨曲线的高低抽动着，看得出她的注意力非常集中。

“……”

小星抱着大海捞针的心情，听着出租车司机们被审问的资料，努力分辨出他们所有人的声音。

各种语调的年轻的声音，或者尖尖的，或者慢吞吞的声音信息正被小星的耳朵筛选着。

“我就在这儿停了一会儿车，那个浑蛋就来刮它。本来就赚不了多少钱，如果你的车还那么破，人家还能打你的车吗？所以总之，要先拿去修一下吧，不是吗？”

“那为什么要把记录器拔掉呢？”

“那是什么东西……啊，你说是计价器啊？那个东西，我们公司说要统一规格，全部都换掉了，我干吗要花自己的钱去弄？”

鲁力坐在她的旁边看着她的反应，虽然努力忍住自己焦虑的心情，但还是不断地去瞟一眼。终于——

“呼……”

小星还来不及取下耳麦，鲁力便着急地向她发问：

“怎么样？有什么有用的信息吗？”

小星无力地摇了摇头。

“没有，这些也不是……那个人的声音没有这么尖。”

小星感觉这些电流的声音还在耳中嗡嗡作响，她揉着耳朵，像是要打扫这些残留在耳中的电流声。

好不容易才开始的搜查连一点进展都没有就要结束了，鲁力看起来也很失落，但马上，他又努力摆出轻松的表情，安慰着小星。

“啊……原来如此……也是，今天也只是听了其中十分之一，不用着急。比起那些，还是先吃点什么，补充点体力吧。明天还得去听这些司机超级多的抱怨和谎话呢。”

“……”

听出鲁力的声音传出的安慰，小星才微微笑了笑……

“切，出租车？什么出租车！”

林冲穿着滑轮鞋，飞快地滑行在路上。当他经过仍然挂着的告示前时，突然止住。想来想去，林冲还是觉得上火，不耐烦地拔掉耳塞。他把声音调得很大，都能听到从耳塞传出来《虫儿飞》的旋律。

“什么特级出租车，是大众高尔夫6！那分明就是大众嘛！说我这双眼睛看到的是假的，而那个瞎子说的是真的，这也太不像话了吧！”

林冲想到那些人，就仗着他们是大人想都不想就否定自己，嘴巴不满地嘟囔着。真是倒霉，大人又不是什么特权阶级，现在连个瞎子都看不起他，这让林冲无语。

但最让林冲生气的，就是自己被当成了骗子。活到现在，他从来都没有，也没有必要去说谎。那些都是软弱的人才要耍的手段，所以林冲想，自己更没有必要去说什么谎。但问题不在这里，毕竟这只是牵扯到自尊心，但他们竟然把他说成为了钱欺骗他人的坏蛋。

哼，要说谎早就说了。林冲自己也不是不知道，为了更好地在这个世界生活，谎言算是一种有用的工具，但是林冲不想被分到那种类别的人群中去。这也是他和妈妈做的最后一个约定。而约定是只有遵守才有意义的。

当爸爸不顾生病的妈妈，也不顾幼小的自己而离开他们的时候，林冲就下定了决心，要变得足够强大可以去保护对自己来说最重要的东西，要成为这样的人。

那个时候，他没有能力好好保护妈妈，但林冲的决心到现在也从来没有变过。

在妈妈生命的最后一刻，她吩咐过林冲，不可以恨爸爸。就算不一定要去爱爸爸，但也不可以背负着憎恨活在世界上，妈妈不知道说了多少次。

那一瞬间，妈妈在林冲的眼里变得特别潇洒，虽然已经是癌症晚期，妈妈都已皮包骨头，但是在林冲的眼里，妈妈比世界上任何一个人都潇洒。说起来也是当然的，即便是那么痛苦的治疗，妈妈也始终在努力把每件事做到最好。每天，她怕林冲会感觉到，从自己身上传来的死亡的气息，她都会随时换床单、沐浴身体。妈妈是如此自尊心强的女人。

不知道是不是因为这些原因，林冲到最后也没有觉得妈妈有多可怕。有些人说，确定死亡的人，会传出一种死者的气息，它会让自己身边的人渐渐地远离自己。而只有这样，活下来的人才能继续活下去。

林冲年纪小小，却能如此冷静地送妈妈上路，林冲周围的人都指着他说“这孩子真毒”。但是，林冲丝毫没有在意那些人的眼神。林冲是如此自信的孩子。

看着即将要被送进火葬场的妈妈的尸体，作为最后的礼物，林冲和妈妈做了一个约定。这也是林冲对妈妈的回答。

“我绝对不会忘记，我是妈妈的林冲。”

林冲是自尊心强的妈妈的孩子，所以会把妈妈的自尊心作为遗产，自己也会像妈妈一样，守着自己的自尊心活着。他想着，总有一天，守护好自己最珍惜的东西。

现在，他还是吊儿郎当地穿着滑轮鞋满地跑，但这只是因为自己还没有想要守护的东西。所以，林冲一直自我鼓励着，总有一天能够找到自己最想要保护的东西。但是那个警察，竟然说我在说谎，竟然说我是个骗子！

“哼！”

林冲的怒火还未消，把手机拽出了自己的口袋。

“听了一整天的录音材料，耳朵痛了吧，饿不饿？吃点这个吧。”

鲁力将放在前面座位上的快餐袋拿出来，从里面拿出了汉堡递给了小星。

“不，我不饿，您吃吧。”

“唉，别这样嘛，吃点吧。这个最近卖得挺火的，叫手工汉堡什么的，看来最近连吃的都要有流行的呢。”

“谢谢您，但是我现在实在没有胃口。”

鲁力劝了三次，但还是被小星拒绝了，他觉得有些下不了台。鲁力本来就不是那种爱开玩笑的人，也从来没有为让谁吃东西而哄谁，所以鲁力也不清楚这种情况下该做什么。

鲁力僵在这尴尬的气氛中，过一会儿，悄悄转过了身，把汉堡打开，大大咬了一口。

“嗯，不错嘛，不愧是手工汉堡，好吃，真不错！”

鲁力正吃得开心，突然发现趴在后面的聪聪。它闻到了味道，也想要吃一口。

“啊，对不起哦，聪聪！忘了买你的那份了，不过反正你没法吃这个，这可是狗肉哦，呵呵！”

闻着味道的聪聪突然唰地扭过了头，就像是听懂了鲁力的话一样。

“开玩笑，开玩笑的啦，哈哈！”

小星一直黯然，鲁力演着独角戏，开着从来都没有说过的玩笑话，努力缓和着气氛。

虽然鲁力这么努力，但小星还是依着窗户，在认真地想着什么事情。

“丁零——丁零零——”

鲁力的脸上充满感激，因为终于能打破这种尴尬的气氛了，但看到手机上显示的号码，他马上又皱起了眉头。

“又是那个家伙。”

鲁力按下免提，让小星也能听到。

“鲁警官，我是林冲！”

小星听出林冲的语气中残留着的怨气，不知不觉地就转过头来。

“那个撞人的车，真的是大众高尔夫6！真的不是出租车！”

“唉，我说，你这个家伙……”

鲁力看到小星的神色变得更加黯淡，慌了手脚，想着，早知道就不把免提开着好了。

“总之，我，很确定，反正，信不信由你们……切！真的是那个车，靠！”

林冲说完这些话就挂掉了电话。

“什么啊，这个家伙自顾自地在说些什么呢？啊，好可惜。”

鲁力无语，手上的汉堡也掉到了地上。然而，尽管鲁力发出这么大的动静，小星的表情却变得越来越黯淡。

早知道不打什么电话了。

林冲因为这种结果而懊恼，僵在那里好长时间。反正又不会相信自己，这下就像是自己独自在作秀似的。

“本来，如果一开始就准备相信对方，就算是杀人犯的话也听得像是事实。同样，如果一开始就戴着有色的眼镜去看，就算是一张白纸，也能看成是红色的。他们看到我的着装和态度，一开始就没有准备相信我，”林冲想着，“所以，我才眼睁睁地被一个瞎子打败。”

“切，管他抓不抓什么犯人，关我屁事。”

林冲戴上耳机，下定决心再也不去管这件无聊的事情了。

唐峥在黑暗中静静地看着林冲，包括他和鲁力通话的时候。唐峥想起了那天晚上，在暴雨中的那个男孩的样子，这两个人的身姿慢慢重叠在一起。

那天晚上，瓢泼大雨，唐峥打开了雨刷，雨刷启动的瞬间，他看到对面有个男孩，肩膀上挂着滑轮鞋。闪电下，这个男孩怔怔地看着他的车。他就是那个看到不该看到的东西的、恼人的目击者。

那天以后，唐峥为了寻找这“恼人的目击者”一直在这个地方守着，因为回到犯罪现场的，往往不一定只有犯人。

“啪——”

他打开一个精致款式的Zippo打火机，打火机喷出透着蓝色光的橙色火花。唐峥右手腕的金属手表闪了一下，就像是在黑暗中盯着猎物的猛兽的眼睛。

唐峥吐出来的白色的烟正追着林冲。他的车也慢慢动了起来。

“鲁队长，您真的相信我吗？”

鲁力心里一惊，毕竟小星好长时间都没有说话，而一开口竟然是这么没头没脑的发问。再说，这都什么时候了，怎么问这个问题呢？

“当然了！就像有人会相信瘸子也能抓肇事犯一样啊，我当然会相信你啊，当然。”

“肇事犯”这一词引起了小星的注意，她把头转向鲁力。

“五年前，有一个叫hard ice cream，就是卖白粉的团伙，我追查过他们。但是我太‘鲁’莽了，我本来没想让祖先给我的姓蒙羞的，哈哈……我一脚踹门进去！没想到，那些家伙除了有hard ice cream，还有喷射机呢。”

“喷射机？”

“就是说枪啦！妈的……这条腿就是那个时候坏掉的。但是，搞笑的是每当刮风、下雨的时候，它总是会痛，弄得我绝对不会忘记自己五年前到底有多愚蠢……”

“那件事……我听美然说过。”

“……”

小星空空的眼神晃了晃。鲁力没有放过这个机会，故意大声说道：

“我说嘛！果然警校毕业的不一样嘛！虽然我之前都没有说，但我差点就拿下了我经验丰富的警官的头衔，哈哈。”

“……准确来说，我并不是警校毕业生。”

鲁力明白这混着自嘲的话语意味着什么，心里也一起变乱。但是他马上说：

“我是想说，我就是这么相信路小姐。”

“您……您用不着安慰我，我不要紧。”

“安慰？我安慰你吗？怎么会？”

“……”

“我看您是一直在想着刚才来电话的那个家伙呢，不过没有必要去管那些事情。虽然他确实好像是看到了什么，但谁知道他有没有看清楚呢。再说，就像他说的，还下着瓢泼大雨，距离离得还那么远，但是路小姐是在现场的，谁说都是您说的话接近事实啊。”

一阵沉默。

话虽如此，鲁力也知道自己刚刚那段话不可能起到安慰小星的作用。虽然鲁力觉得小星处境令人难过，但他也没有打算为了安慰她连作为警察的分析能力也丢掉。

“不想复学吗？你要是去监听班的话肯定很合适。”

小星摇了摇头。

“我已经回不去了。就算能，一个盲人警察连犯人长什么样都看不见……根本不可能……”

听到小星自暴自弃的话，鲁力突然觉得有些生气。

“即使不知道犯人长啥样，还继续死盯下去的才叫警察。知道警察长啥样，还玩儿命躲、玩儿命坏的那是犯人！”

鲁力看着小星的手握得紧紧的，还有……她胳膊上残留的自残的痕迹。

鲁力看着这痕迹想着，也许她经历了他所无法想象的、地狱般的时光。

这么多年，对弟弟死的自责感一直如梦魇般缠绕着小星。她有多爱、有多想弟弟，这梦魇就有多浓、多沉。即使失去眼睛，也无法填补她心中的伤。到底有多少次，小星被推向崩溃的边缘？又有多少次，她被死神推回这现实地狱？想到这儿，鲁力的心揪了起来。

“路小星！现在咱俩就面对着这样一个家伙，我不知道你心里是怎么想的，反正我不会，也不能打退堂鼓。我必须，必须，亲手逮住他。你我这样的人，只有誓不回头地往前冲，能冲到哪儿算哪儿，真要到了实在冲不动的那一天，再回头一瞅，你一准儿能明白：路，只有这一条，想拐个小弯儿、想打个盹儿，都没门儿！”

当鲁力结束了自己像机关枪似的雄辩的时候，他突然有种奇妙的感动。

“哇哦！我咋能说出这样的话来呢！都可以去参加《中国梦想秀》了！……嗝！”

刚才吃太多了。突然冒出来的饱嗝的声音让鲁力慌了起来，他手忙脚乱地想吹散饱嗝的气味。

“噗！”

小星情不自禁地笑了出来。

“啊，哈哈！看吧，笑起来好看多了！”

鲁力看小星的心情又好起来，自己一直揪着的心也终于放了下来。鲁力为了散掉车里汉堡和饱嗝的味道落下了车窗，瞬间，车里响起了“嗡”的声音。

“……”

这个声音怎么有些熟悉，这是——

“嗡嗡嗡——”

掉进车里的雨水……

同时，从后座传来微微的颤抖。

“雨都进来了，快把窗户关上。”

那天晚上在那辆车里也听到了这个声音。小星连忙转向鲁力。

“这是什么声音？”

听到小星僵硬的声音，鲁力连忙升起车窗。

“吓到你了？不好意思，不好意思，因为有掀背厢才这样的。”

“什么？”

鲁力见小星没有理解自己的话，就详细地解释起来：

“啊，忘了你们漂亮姑娘都是车盲了。一般的车，后备箱和后座不是分开的吗？但这种车的掀背厢则是通着的。所以，即使开得不快，风也朝后走，所以有响声。”

“……”

瞬间，小星的头脑变得一片空白。

“在那辆出租车里，我也听到了……刚才那种声音，掀背厢的声音。”

“什么？”

鲁力难以置信地看着小星的脸。

“不是说是高级出租车吗？绝不可能有掀背厢的啊！”

“再说一遍，我绝！对！肯！定！是2010年款的大众高尔夫6。

要是看错了，我就是你孙子！”

……

小星的记忆瞬间产生了裂痕，然后——

小星的眼前，“咣”的一声挡风玻璃被撞得粉碎。被害人滚到车顶，“咔嚓”的破裂声并不是车顶灯发出来的，而是全景天窗受压破裂发出的。刹车声响，车子停在路上，画面里可以清清楚楚地看到，车的确不是出租车，而是一辆——大众高尔夫6。

红月

暗红色的月亮，旱冰场今天清静得连一只蚂蚁都看不到。林冲放下滑轮鞋，慢慢在旱冰场转悠，那个样子看起来有些孤寂。

“什么嘛，大家都觉得不吉利，就没有来吗？”

林冲望着天空，想起自己前几天在网上看到的关于连环四月食[①]的新闻，发现还真是奇特的超级月亮（Supermoon）。

“这些胆小鬼，算了算了！哼！”

话虽如此，林冲还是不断地瞟着旱冰场入口。就像明白林冲的心情，刚好手机音乐响起。

---

① 连环四月食（tetrad），2年内连续有4个月会出现“月全食”，而月球看起来呈暗红色的天文现象。上次观测到时在2003～2004年，这次是在2014年4月15日、10月8日，2015年4月4日、9月28日出现。西方传统上的血月是和基督教传统有关的，不祥的征兆。另外，下次的连环四月食预测会到2032年才能观测到。

“你们都要迟到？”

虽然他气冲冲地叫喊着，但表情却变得柔和了许多。

“算了，算了，别找借口了。就这么一次啊。不过，明天一定要来练个爽！OK。”

刚刚林冲还毫无心情滑旱冰，这下突然对旱冰充满了激情。

唐峥压低了自己的棒球帽的帽檐，冰冷的眼神望着这个正在起劲地滑旱冰的男孩。

唐峥的视线慢慢往下。齿轮箱前面放着的八音盒，上面是一个芭蕾舞者的模型，外面的一层漆掉了不少，一看就能看出来是很旧的八音盒。不知道为什么，望着八音盒的唐峥的眼睛突然变得湿湿的，但马上又变回往常冰冷的眼神。

唐峥看了一会儿八音盒，终于，时间到了，他慢慢戴上了皮手套。然后——

“咔咔咔……”

戴着皮手套的手慢慢上着发条。芭蕾舞者的模型慢慢转动着，但是八音盒已经坏掉了，没有声音。

“黑黑的……天空……低垂……亮亮的……繁星……相随……”

就像是要代替八音盒，唐峥唱起了《虫儿飞》。然后，他慢慢戴上了口罩。

“对不起，您拨打的电话正在通话中……”

“妈的！”

鲁力黑着脸，粗鲁地挂断了电话。

“看来是故意不接的，怎么办呢？”

鲁力气急败坏地拍着方向盘。望着鲁力的方向，小星的瞳孔也混乱地动起来，一样焦躁不安。突然——

“对了！九点整，鹿角路，练习场！昨天在警察局！”

鲁力才想起昨天林冲和他的朋友们通话的情景。

“他和朋友们约好了滑轮滑。现在几点了？”

鲁力连忙看了一下手表，皱起了眉头。

“现在可能是9点多一点儿？总之，我们先去看看吧！”

下一秒，“咯——”鲁力迅速转起了方向盘。

“唰——唰唰——”

林冲的滑轮鞋正无力地滑着。他的朋友们比他想象的还要慢，这让林冲有些失望。是因为那该死的月亮吗？林冲望着月亮，突然笑出声来。竟然拿月亮找借口，太不像话了。这太不像自己了。

“加油，加油！”

林冲的声音回荡在旱冰场上，他又开始滑了起来。

唐峥慢慢跟在林冲的后面。

“虫儿飞……虫儿飞……”

毫不知情的林冲还在跟着耳机流出来的声音唱着，开心地滑着旱冰。这时，林冲突然感觉到有奇怪的东西划过了自己的脖子。真的是因为月亮吗？林冲努力无视着这种感觉，试着加快速度。但是，林冲的速度又一次放慢了起来。真的有什么人在！

到底怎么了？……但是，林冲故意没有往后面看，而是加快了滑旱冰的速度。这时，林冲瞬间又加快了滑冰的速度。而同时，唐峥的步伐也变快了。

“啊，靠……”

林冲确定这后面的男人正在追着自己。林冲飞速地滑了起来，他看着自己的滑轮鞋，觉得这个状况实在是让他无语。人家追过来，林冲本能地逃开，但实在无法理解这个状况。到底是为什么？为什么是我？

但现在不是纠结这些的时候。虽然不知道是什么情况，但林冲无法无视这不好的预感。熟悉的小道快速映入林冲的眼帘。

“唰啦！”

唐峥盯着瞬间消失在小道的林冲。这时，他的视野中映入了一辆没有熄火的摩托车。

摩托车正紧追着自己，林冲感觉这声音马上就会追上来，他紧紧咬牙。

“嚯，嚯，嚯！”

林冲气喘吁吁地看着周围。再这样下去，被那家伙追上只是时间的问题。而且，林冲的双腿正在发抖，艰难地维持着站立的状态。

“啊，靠……”

林冲跑上人行道上，但唐峥还在急速追赶着自己。

“嗡嗡！”

那个声音就像是在咆哮一样，林冲回过头去。映入眼帘的男人正压低着身体，坐在摩托车上，就像一只猛兽一样，追赶着他。林冲感觉浑身的汗毛都要竖起来了。

“呀啊！”

林冲为了逃到街上，踩了急刹车。

“唰啦，唰！”

林冲的滑轮鞋正在一个建筑物的走廊上滑行。

“妈的……”

偏偏今天，街上连个人影都没有。就算现在已经是深夜，这里也接近郊区，但这寂静简直是地球末日的级别。这都是因为那该死的月亮！

没一会儿，那家伙的摩托车已经追到走廊上了。

“执拗的家伙！”

这样下去真的一点胜算都没有，林冲转过身瞪了唐峥一眼。

瞬间，他抓住建筑物的台阶的扶手，飞一般跳跃了起来！

“哐哐！”

林冲的滑轮鞋和铁栏杆摩擦出了一道长长的火光。

“Yeah！”他总算是成功了。唐峥看着他这个样子，皱起了眉头。

“哈哈，活该！”

林冲得意扬扬地向唐峥做了个鬼脸。但是，摩托车竟然也毫不犹豫地沿着台阶开了下来。

“啊，靠……”

追击战又一次开始！林冲勉强地避开前方的障碍物，死命地跑了起来。这时，“嗡，嗡嗡！”一直像死神一样追赶着他的摩托车再一次吼叫起来。林冲感觉全身的汗毛都竖了起来。然后——“呀啊啊啊啊啊！”

林冲飞跃过眼前的池塘！

唐峥瞪着林冲，看到他惊险着地的样子。一个华丽的漂移之后，林冲悠悠地消失在小巷中。

唐峥犀利的眼神盯着那条巷子，紧握戴着皮手套的手……

“靠……到底什么啊……”

林冲在小巷口躲了起来，四处张望，寻找那个家伙的身影，谁知道他还会从什么地方冒出来。还好，人未出现。林冲怔怔地看了一会儿空地，慢慢地走出了巷子。

“月圆之夜这是要我做个体操吗？啥呀这是，又不能把人家抓过来问干吗追我……”

到现在，林冲还无法相信刚才发生在自己身上的事情。这种追击战不是只有电影里才会有的吗？林冲苦思冥想到底是什么家伙要这么顽强地追赶自己，还要害自己，但一点头绪都没有。林冲才18岁，无论是从年龄还是性格来看，这都是绝对不可能出现的状况。

“啊，烦死啦，那个浑蛋到底是谁啊？”

“暂时没有答案的问题最好先放在一边。”这是林冲的经验告诉他的生活智慧。林冲决定暂时把这件事情放在一边。反正想了也只会让自己更加头疼，肚子更饿。总之，没有出什么事情，那个家伙也没有再出现。据说满月的时候会出现精神病，也许刚刚那个就是吧。

“不过这些家伙怎么还……”

强烈的车灯照着林冲，迎接林冲回到和朋友们约好的广场。

“啊！”

“嗡！嗡嗡！嗡嗡！”

“……”

唐峥盖住自己的半张脸，悠悠地看着林冲像个小老鼠一样到处乱窜，心里想着：这下终于要把你了结了。唐峥使劲踩下了油门。

“啊……靠！”

林冲瞄了一下对方的车，马上回过神来，但是腿却已经软掉了。

“啊……拜托……”

瞬间，看着飞奔过来的车，林冲拼命地躲了过去！

真是命悬一线的时刻。

“轰轰——”

唐峥的视野中映入了巨大的赤月。

“哐！”

林冲的身体被唐峥的车撞飞，终于掉到了地上。

闪耀的灯光打在林冲满是鲜血的脸上。唐峥看着奄奄一息的他，慢慢踩下油门。

“林冲！”

是林冲的朋友们，看到他，赶紧跑了过来。

唐峥恼火地看着这几个“电灯泡”，慢慢消失在黑暗中……

“好像有谁受伤了呢？！”

鲁力和小星到达的时候已经过了9点30分。急速开进练习场的鲁力看到了急救车的闪光灯，就放慢了速度。

“……”

小星因莫名的不安感觉都要吐出来了。

“是林冲！”还活着!

随着鲁力的尖叫，小星的心也沉了下去。

两个人急忙下车，扒开人群，找到了急救人员。

林冲已经没有了意识，躺在患者输送床上。鲁力看到此情景，打了个冷战。

“辛苦了。我是警察。这是要去哪家医院？”鲁力拿出警察证件问道。急救员急忙回答道：“华珍医院。出发！”

鲁力看着急速开走的救护车，催着仍然愣在人群中的小星。

“小星，上车。我们跟上。”

“啊？啊，好的……”

听到鲁力的声音，才回过神来的小星摸索着想回到车上。唐峥站在人群中，盯着小星的背影。他刚刚就在小星的身后。

“华珍医院……”

唐峥冷笑着，盯着逐渐远去的鲁力的车。

假线索

“真是太幸运了！还好没有脑出血。”

看着CT胶片的医生笑着和鲁力说，让他不用担心。胶片上，林冲的头盖骨显露出白白的轮廓。

听到医生的话，鲁力呼出一口气，揉着自己的胸口，脸色才缓和了一些。

医生继续说道：“这条白线越鲜明，就说明他的骨密度越高。你看，他的骨密度在这个年龄的人中也算是很罕见的了。”

“嗯……我没太听懂啊，医生。”

“就是说，他的头盖骨构造简直堪称世界罕见啊，竟然没有骨折。”

“您是说，这小子天赋异禀？等于脑壳里自配了一副安全头盔，生下来就练成了铁头神功？”

“哈哈，也可以这么说吧。”

听到鲁力的比喻，医生赞同地笑了笑。

“真是某种意义上的变种呢，这个小子。”

“等他醒过来，再注射点儿消炎药和营养液，适当观察一下，没大事儿就可以回家了。”

医生开完处方，就走了出去。鲁力看了看还站在病房门口的小星。

从进医院到现在，小星就一直愣在那里。她的自责让鲁力的心沉了下去。但是，鲁力还是努力微笑着走到小星身边。

“来杯咖啡？”

“嚓——”

放进硬币连纸杯都没有出来，鲁力就把手放了进去。鲁力做每件事情都不会那么着急，唯独在自动贩卖机买咖啡的时候，鲁力就变得不是那么有耐心。还是自动贩卖机的咖啡好啊，又甜又浓而且还便宜。

鲁力呼噜呼噜地喝着咖啡，看着正坐在休息室椅子上的小星。鲁力有种预感，这桩从小星的陈述开始的案件会变得越来越大。这让他的心情更加沉重。按照他的直觉，这件事情要比想象中的还要严重。鲁力无法否认，再不能像现在这样，只根据小星的陈述来处理事情。即便她有令人吃惊的敏锐，但她毕竟是个盲人。

“唉……”

鲁力想起“和谁谁不一样，自己是看得清清楚楚”而自信满满的林冲，无意中就叹了一口气。虽然多少是没有礼貌，但是林冲对自己的陈述确实是充满了自信。没有理会这些，是鲁力的失误。为什么我没有理会呢?

“……”

鲁力才开始承认自己过分在意小星的障碍，失去了作为警察应该遵守的感情中立。“而林冲就是因为自己的失误才躺在医院。”想到这里，鲁力不禁觉得心里发寒。林冲差点就丧了命。

“啧……”

这本应该是和自己分担的责任，但是小星却要把它们独自扛着，让鲁力心酸，他慢慢向小星走去。

我真的有那么确认吗？确实就是那样的吗?

小星感觉自己深信不疑的东西现在正背对着自己，身体不由得颤抖。她做梦也没有想到，自己的傲慢会带来如此严重的结果。

我怎么可以那样呢？再怎么说，自己是个盲人，怎么可以那么……

“呜！……”

小星咬住嘴唇，努力让自己不要发出呻吟。如果她像平时那样，她肯定不会放过所有细节，林冲的话是有道理的。

“呜呜……”

又一次袭来的悔恨，让小星体内的血液像是一下被抽光了一样。小星缩着身体拼命地控制着自己的情绪。

三年前，三年前的噩梦仿佛重新上演，梁聪，林冲，林冲，梁聪……

这一刻，他们的身影在小星的脑海里重叠了。

想他，真的是太想他。过去三年，自己一直想从梁聪的记忆里逃走。她假装已经淡忘一切，这种自我麻痹就像一条越拉越紧的皮筋。在遇见林冲的这一刻，皮筋松开，一切回到原点——这些年她对梁聪的想念，原来一刻都没有淡过。而自己却现在才明白。

想到自己白白辛苦了那么长时间，而作为自己努力的代价，却是这种误会和因此而发生的恐怖的事情，小星恶狠狠地咬住了自己的牙。

“小心肩膀酸哦。”

鲁力看出了小星的负罪感。

“缩成一团……好啦，不要这么严肃嘛。医生不是也说了不要紧的嘛，那个小子可是天生的变种。先喝杯这个吧，心情不好的时候吃甜的东西是最棒的。”

事到如今，听着鲁力一声不在乎似的安慰，她突然开始感激人家。小星也知道，他不可能不在乎。即便如此，鲁力还是会先想到安慰她。这对小星来说，是一种救赎似的帮助。

“不要太伤心。林冲那个小子，肯定马上就醒了，他现在就是那种年龄啊。啊，这个时候相信年轻还真好啊，是吧？不过话说回来，既然那个浑蛋不是出租车司机，那他为什么装司机呢？！”

“这我也不太清……”

这时，小星闻到了熟悉的味道，身体打战。

“刚刚那是什么？好像有什么东西经过了？”

“啊？啊……是护士过去的。”

“护士？那声音呢？”

“嗯，滚轮的声音吗？”

“滚轮？”

“就是护士们放各种药的那种车，怎么了？”

瞬间，小星想起那一天，那些从通风口发出来的、在车上的味道！

“你都淋湿了，很冷吧？我把暖风打开。”

“好，谢谢……可是这车里怎么有股奇怪的味道？”

“啊？哦……来之前我把车洗了，可能是消毒液的味道。”

“是丙泊酚。”

“什么？”

“上车的时候，我闻到车里有一股奇怪的味道。当时不知道是什么，现在想起来了。”

“丙泊酚？怎么现在才告诉我啊？”

鲁力不知不觉大吼了一声。就像是永远都剥不完的洋葱一样，以为事情终于可以告一段落，小星又给他扔来新的信息。鲁力实在是烦。就不能早点说吗？

“当时并没有觉得奇怪。司机说刚清洗过车子，是消毒水的味道呢。”

小星怎么会听不出鲁力的烦躁？本来就一直在自责的小星的声音就像是乌龟把头缩进去似的越来越小。看到这样的小星，鲁力简直想抽自己一个嘴巴。

“啊，对不起，刚刚太着急了……丙泊酚是强力的麻醉剂。”

“啊，是咖啡！”

“咖啡？”

“大概是泡在咖啡里给我的。”

“啊？”

小星感觉到一直像个刺一样深深刺在自己心中的线索一个接一个地联系在了起来，打了个寒战。

仔细想想那个状况简直太不自然了。明明自己可以做，那个司机却非要给她打开咖啡。不仅如此，要不是两人因为咖啡罐争执起来，才出的事故吗？如果那只是单纯的咖啡，怎么可能发生这些事情？自己怎么会错过这些事情？小星又一次对自己的轻率无语了。

另一方面，鲁力觉得自己的直觉像是一个恐怖的怪物，慢慢浮出水面，心情变得沉重。

“如果真的像路小姐说的那样，那问题便严重了，这一定跟最近的连环失踪事件有着某种关联。”

“啊？”

小星因“连环失踪事件”一词再次绷紧了神经。

“靠！到底他妈的约不约啊！都迟到20分钟了，还配叫什么‘只要有你陪’！滚蛋吧！姑奶奶不奉陪了。哼！”

“怎么办，是那个站在车站的女人。”

小星想起了那个声音轻浮、语气中充满不满的女人，顿时感到毛骨悚然。

“是那个女人，在车站的那个女人！”

“女人？”

这登场的又是哪儿来的人物？鲁力觉得自己被搞糊涂了，他望着小星。

“他把我当成用手机软件约来的别的女孩了！而且……”

“而且？”

鲁力终于忍不住催着小星。

“他的注册名，叫作——‘只要有你陪’！”

“手机软件？是不是‘只约’？！失踪的女大学生郑惠英，失踪前也是用‘只约’约了一个男人，出门后就彻底消失了！”

“赶紧查对方的注册账号，说不定能顺藤摸瓜把他揪出来！”

小星催着鲁力，但鲁力却有些踌躇不定。他在几分钟前就想着，能不能再凭她一个人的证词就去搜查呢？但是，现在这个情况下，除了她的证词，也别无其他的信息也是事实。

“……叫‘只要有你陪’是吗？”

鲁力像是终于下定了决心一样，再次和小星确认。

“是的！”

“但是‘只约’的软件，要用手机号注册。”

“是吗？那……”

“我们早就筛查过了。电话卡是在路边摊儿买的，根本没法儿确认身份。”

听到鲁力的话，小星无法掩饰自己失望的表情。

“还能不能想起其他可疑的地方？”

虽然鲁力在安慰小星，但他的眼神可以说是在祈求小星。

小星也心急如焚。拜托……怎么细微的事都行，快点想起来……小星觉得自己要疯了。

“啊！”小星突然叫了起来，她急忙拿出了手机，解锁，然后说道：

“昨天晚上，有一个陌生号码打到我的手机上，对方一直都没有说话。”

鲁力赶紧拿过手机，查看通话记录。

“15844568581！是这个吧？！”

望着小星坚定地点点头，鲁力给眼镜警察打了电话。

“眼镜，赶紧给我查一个手机号码，看看机主是谁，马上！”

盲人的灯

“好大……”

林冲忘我地看着充满自己视线的红色月亮。他一直认为红色的月亮是不祥的征兆，但是它却意外地散发出温柔的光芒。林冲不知不觉地将手伸向了月亮。

月光就像樱花似的落在林冲手中，有点痒，但是觉得蛮舒服的。

“好温暖。”

林冲惊奇地望着温柔荡漾在自己手上的月光。但是——

“呜，呜呜，呜……”

“呃？”

突如其来的狗吠叫让他猛地睁开了眼睛，迎接他的是照进病房的阳光。

“啊……”

不知道是因为阳光，还是感觉要裂开似的头痛，林冲忍不住发出了呻吟。

“什么东西？”

他看到聪聪在仔细地帮他舔着脚指头。也就是说，自己在梦里感觉到的有点舒服的痒痒的感觉就是这个家伙？

“靠……”

林冲像是要把聪聪赶走，摆动着脚。这时——

“你醒了？”

可能是听到了林冲发出来的声音，有个女人向他打招呼。他猛地回过头。

“你醒了？还疼吗？”

坐在自己旁边的是小星。她穿着昨天的衣服，看来是一整夜在医院照顾着林冲。

“你……你在这里干吗？”

林冲露出了不可思议的表情。小星望向林冲，睫毛微微颤抖。她总算是放心了一些，她向林冲的方向摸索着伸出手去。

“得了，这是哪儿？”

林冲冷冷地甩开小星的手问道。小星默默承受着林冲强烈的抵抗，开口道：

“昨天……你受了伤，被送到了医院。”

林冲这才想起了昨晚的事情。对，那个浑蛋把我……

“不过不用担心，医生说了没什么大碍！”

“我什么时候求瞎子担心我了！现在来装什么善良？”

林冲冷冷地打断了小星的话。林冲的这种态度刺痛了小星的心。

还好鲁力及时出现救场。

“都说死而复生能换一个人，你怎么还是那样子啊？”

“什么鬼……”

鲁力拿着水杯走进了房间，看到林冲接二连三向小星吐露不满，觉得他有些过分了，一走进病房就开始训话：

“臭小子。姐姐可是熬了一宿地照顾你啊，你一点儿感动都没有？”

“姐姐？哪门子的姐姐？我可没有姐姐！什么屁话！当初是谁把我当疯子的，现在来充什么好人？”

“你这个臭小子……”

“现在还不赶紧把那个要杀我的家伙抓起来！嘿，查出那家伙的身份了吗？”

看来真是活过来了。鲁力看着一睁开眼睛就嘟囔着的林冲，想着，真是万幸。

“你还真是一点事儿都没有呢，真的是天生自带铁头功呢！”

“啊？”

“总之，差不多就行了，别以为你是病人，我会一直让着你。”

“哦。原来这是在让着我，是吧？”

“你个臭小子！找打！”

“鲁警官！”

听到小星的声音，鲁力停了下来，望着小星。

“对不起，是你说对了……”

小星就像是在罚站的孩子，不知所措。鲁警官怒视着林冲。

“切——”

那天还拿着手机让我看清楚自己呢。

“对不起，我真心向你道歉。是我的无知差点害了你。”

林冲以为小星还会争辩，没想到她这么快就向自己道歉，他的态度也收敛了一些。

“哼，知道就好。”

“你小子，还这样？”

看到林冲嗖地把脸转过去，鲁力终于忍不住插嘴。

“哼！”

林冲听到鲁力唠叨，不禁有些恼火，他的声音又变得冷淡起来。

“算了，既然活过来了，那就快说吧，昨晚发生了什么事。”

“我才刚刚醒好吧。”林冲觉得鲁力不近人情，就嘟着嘴。

“你刚刚不是让我赶紧抓犯人吗？”

（林冲觉得）鲁力的表情就像是嘲笑他活该。

“谁说什么了吗，抓就抓！”

看着猫和老鼠一样打闹的两个人，小星的神情也有所缓和。

“不过，那个家伙是从什么时候开始追过来的？”

“我去了旱冰场，那个人突然追了过来。”

“你又没做错什么，干吗逃跑啊？”

“他突然追过来，当然害怕了……（打了个寒噤）我看到那个坏蛋的眼睛了。”

鲁力看着因回想当时的情景而哆嗦的林冲，想着自己和一个孩子计较是不是有些过分，觉得有些对不起林冲。虽然林冲没大没小，但人家毕竟只有18岁。

“有没有看到车的种类或者车牌号？”但鲁力的语气依然很冷。

“突然间冲过来，我哪有时间看那个啊？真是的，反正，说了实话也没人信。”

他瞥了一眼小星，像是说给她听一样奚落着。

“臭小子，不是不信，是……得多思考思考嘛。”

是自己的失误又不能说什么，但是鲁力觉得心里要炸开了。

“算了。不过就你这样，能抓到犯人吗？”

鲁力已经无语。他干脆承认，自己是无法斗嘴斗过这个小家伙的。

“好吧，我是畜生，畜生，行了吧！”

听到说“畜生”，坐在小星旁边的聪聪回过了头。

“啊，不是你哦，聪聪，是在说我。”

不就是一只狗嘛，还要这么慌张地道歉，还是个警察吗？林冲差点忍不住大声笑起来。鲁力恼火地瞟了林冲一眼，说道：

“总之，这几天先待在医院，就这里最安全了！”

“安全？你是说跟瞎子和狗在一起？”

“你，出来！”

确实已经忍无可忍了。鲁力想抓住从床上跳下来的林冲，但是可恶的小家伙轻轻地躲开了，他快步走出了病房。

“你小子，站住，你要去哪儿？”

“去厕所都不行，是吗？要不直接尿在这儿？”

“唉……”

一眨眼的工夫，林冲从鲁力的视线里消失了。鲁力抓着自己没剩多少的头发，为这让他无可奈何的孩子发愁。然而，小星的表情却依然黯淡。

小星随着聪聪，步伐不稳地穿过人群。鲁力一瘸一拐费劲地追赶着小星。看到这两个人，在医院大厅的人都礼貌地让开。在他们的眼里，无论怎么看，也只是，一个盲人，一条狗，还有一个瘸子。

“别搭理那小子，童言无忌，童言无忌嘛。”

不知道什么时候，鲁力赶上了小星，两个人并肩走着。

“我，是不是很好笑呢？”

小星突然止步。鲁力没来得及反应，差点撞上小星。

“这是什么意思？”

“从一开始我就不应该插手，一个盲人还充什么目击者，太可笑了……”

看来小星的自责是不会这么快就结束了。鲁力的心情也格外沉重。

“昨天，你提供的那个电话号码的主人叫于露，女，25岁。我们接到报案，说她昨晚失踪了。那个家伙不仅仅是肇事逃逸，他一定就是那个变态连环杀人犯。”

小星的睫毛抖得厉害。

“如果不是因为你及时报案，说出那些我们无法看到的东西，谁都不可能联想到连环杀人犯的身上。”

这也是鲁力对自己说的话。鲁力也亟待着自己对小星的肯定。

“鲁警官，剩下的就交给你了。我也不想再添乱了。”

鲁力急切地抓住就像是要逃走的小星。

“你知道盲人走夜路时，为什么一定要点一盏灯吗？因为只有灯亮了，别人才不会撞到她。”

“那最后再麻烦你一次，送我回家。我这种人，连打个车……都比登天还难。”

小星打断了鲁力的话，听得出来她认命般的语气。鲁力再也无法说些什么。

凶犯

一泻而下到小星身上的不是别的，是林冲的谴责。

紧闭着嘴巴和眼睛，身体靠在浴池中，小星小小的肩膀正令人怜惜地抽动着。

“我确实没看清楚，也的确是为了买双新轮滑鞋才到这儿来的！但是，我亲眼看见那车撞了人，虽然不知道他把人塞进哪儿了，但我确实看见了！”

“呜呜！”

小星的手颤抖着，盖住嘴巴，防止自己哭出声来。

“我逃课是因为要排练！我骗家里的钱是因为要买乐器！那都是因为我喜欢音乐啊！”

“放开我！你又不是我亲姐，凭什么管我！”

我到底算什么，我只是一个瞎子……小星想起吼向自己的两个孩子的声音，嘴角自嘲似的上翘。

“哔哔哔哔——”

听到感应器的提示声，小星才回过神来。水注满了浴缸，感觉下一秒就会流出浴缸了。

小星关掉水龙头，慢慢让自己沉到水底。

“咕噜噜……”

这是能暂时消除世界上任何声音的方式。很久以前，小星常常会用这种方式暂时逃开身边那些简直要让自己疯掉的各种声音。而且，水从来都没有令自己失望。

我这是在做什么呢？现在想起来，小星惊愕地发现自己竟然如此狼狈。因为自己鲁莽的行为，一个孩子死掉了，另外一个孩子也差点丧命。深深的挫败感压得小星喘不过气来。

她的肩膀、腿……身体各个地方都是让人难以直视的——受伤的痕迹。

“未知来电！未知来电！……”

小星听到从客厅传来的电话声。

是那个家伙！

小星连忙穿上浴袍，来不及擦干身体就冲出浴室。她鼓起勇气接了电话。但是，对方却仍然没有声音。

“喂？”

“……”

小星听到透过听筒传过来的各种不明的噪声，终于忍不住大喊了一声：

“我知道你是谁！”

“……”

不顾小星的愤怒，对方还是保持着沉默。

“你是阴沟里的老鼠还是洞穴里的蝙蝠？只会躲在黑乎乎的地方，连声都不敢出。”

这时——

“姐姐……”

“……”

“……呼呼……怎么，看到林冲，想起了被你杀死的梁聪吗？”

“……”

这个男人怎么会认识林冲？更让她吃惊的是，从这个男人的嘴巴说出来的，竟然是自己弟弟的名字！

“你，你到底是谁？”

“呼……”

这又算什么，小星努力支撑着自己，不要晕过去，但瞬间，被男人叹息似的语气怔住。

“三年前的2月16号的晚上，姐姐……实习警官路小星，去了第八天俱乐部，去找弟弟。”

“什么？”

“我仿佛也能感觉到那天晚上的灯光、音乐。”

就像是在享受着小星慌张的情绪，男人放慢了语速。瞬间，小星感觉要吐出来了。

“你那么爱你的弟弟，虽然他根本不是你的亲弟弟，但你也是为了他好，才不得不把他绑起来。”

“不要再说了！闭嘴！”

“梁聪，他也是该死，谁让他不懂得什么叫爱呢。不过，他也算死得其所，因为他死在了……姐姐的爱里！”

“你给我闭嘴！闭嘴！！谁允许你看我的记事本！”

“买个盲文阅读器没有想象中那么难嘛。你那干净纯洁、毫无杂质的日记真是深得我心啊。说不定，我还是这个世界上最懂你的人呢……”

这个声音真是——令人作呕。小星感觉到这个男人的笑声，像条蛇一般，伸到自己的耳朵里盘旋着，她感到从未有过的恶心恐惧。

“你到底想怎么样？”

长长的沉默，小星死也不想要这种寂静。

慢慢开始的……感觉要断掉的，但执着延续着的，男人的歌……是《虫儿飞》！

“所以，你到底想怎么样？”

“等我。”

“什么？”

“你马上就能理解的，就像我理解你一样，你也会理解我。”

男人的电话就这样挂断了。

小星已经失去了平常心。电话挂断了之后的好长时间，小星还死死地握着手机。突然，小星开始猛翻通话记录。

“丁零——丁零零——”

放在巡逻车手机架上的鲁力的手机大声响了起来。但是因为夜店吵闹的声音，就在夜店门口的鲁力和眼镜警察没有察觉到手机在响。

手机屏幕仍然显示着小星的名字，就像是在祈求着快点接电话。但是，手机马上就安静了下来——手机没电了。

“于露失踪前，最后出现在这儿，摄像头拍下她的确上了一辆大众高尔夫6。车牌查了，是假的。”

眼镜警察一边向鲁力报告，一边不忘用敏锐的眼神盯着每个进出夜店的、华丽的男男女女。

鲁力感到事情要比自己预想的还要大，慢慢揉着自己右边的膝盖。

“这是要下雨了吗？”

鲁力皱着眉，皱得比以往任何时候都要紧。

不能就这样坐以待毙了。小星一边换衣服，一边一直在给鲁力打电话，但是电话最终没有接通。“我得告诉他，那个男人来过电话。”

那个男人令人打战的声音仿佛还在小星的耳边作响，那是一丝慈悲都感觉不到的声音。感觉那个声音马上就会张开血盆大口袭向自己。

突然，小星的身体僵在那里。那个男人！他说过，“等我”。

“啊……”

小星的双腿开始发抖。那个男人的低吟声，是一种信息。等着……他会找到自己，所以叫小星等着的意思……他没有打算让目击者活命。那么——

“林冲？”

还有另外一个目击者，那就是林冲！

小星想起刚刚和那个男人通话时，他说到了林冲的名字。他肯定已经知道林冲就是另外一个目击者。肯定就是他，那天就是他，想要除掉林冲，才去了旱冰场。但是那天，那个男人的计划失败了。而且一旦锁定了目标，他绝对，绝对不会轻易放弃。

“林冲……林冲有危险！”

那天，那个男人肯定是在某个地方看到了林冲被送到医院。那么，他不可能不知道林冲现在住院的地方。也许，他甚至已经到了那个医院，知道了林冲的病房。这个男人的胆大和周密简直让人害怕。如果是那个男人……那个男人肯定会再次去找林冲！

“聪聪！”

聪聪听到了小星的声音，连忙起身。小星的手上已经拿着导盲犬背带。

小星站在门口呼唤着聪聪，她已经慌了神，连鞋子都穿错了。但是，不知道为什么，聪聪只是往后倒退。

“呜——”

聪聪对自己的声音没有反应？小星觉得很是奇怪。突然，刚刚还往后退的聪聪这次干脆咬着小星的衣角不放。这种情况只有在小星遇到危险的时候才会出现。

“聪聪，你在做什么？”

如果是平时的她，当然能发现聪聪这种行为不对劲，但是现在的小星丝毫没有发现这种异常。她着急去找林冲，实在是没有心思去想其他事情。

“是不是应该多休息一下？”

看着林冲把患者服脱下来，扔到一旁，有一个看起来眼睛很小的朋友说了一句。

“没关系，大会没剩多少天了。得去练习。”

林冲把自己旧旧的滑轮鞋放进塑料口袋，拿起了外套。他的朋友们呆呆地看着他。就是这些人那天救了林冲。

“又出事故该怎么办啊？”

可能是觉得实在不放心，旁边有个戴眼镜的朋友试图挽留林冲。

“哈哈！我的身体可是金刚不坏之身！别担心了，赶紧把手机电池拿来。”

实在没有办法，有个高个子递给了他电池。

“丁零，丁零，丁零……”

“这些都是什么啊？！”

林冲手机里面有不少个未接来电，还有不少短信。林冲正在确认最后一条短信，又来了一条。

“咦？”

“等鲁警官去了再出院——路小星。”

是小星。林冲本来想再看看，但看到是小星，他顿时觉得扫了兴，心不在焉地把短信删掉。

“哎哟！还真是不死心啊。”

林冲不想在自己出院的时候就坏掉好心情，他迅速拿起放着滑轮鞋的塑料口袋。

正向朋友们挥着手，想先出门的林冲的脚步突然止住。

是聪聪。不是，应该是说，是聪聪和小星！

“妈的……”

林冲看到正在走入病房的小星悄悄躲开。

“林冲！林冲在这里吗？”

传来路小星着急的声音。林冲的朋友看着不管不顾想要走出病房的林冲喊了一句：

“喂，找你呢。”（对小星说）“他在这儿！”

那个该死的高个儿！气死我了！

“等等，林冲。你先听我说。”

小星不知道什么时候跟了出来，抓住了林冲的胳膊。

“啊，干吗？”

林冲粗鲁地甩开了小星的手。但是，路小星抓住林冲的胳膊，抓得更紧了。

“你不听我说也罢，只是等到鲁力警官来之后再走。”

“我干吗等他？”

“这样出去太危险！那个家伙……”

“跟你在一起难道不是更危险？”

林冲又开始奚落小星。但是，小星也没有示弱。

“那个家伙已经盯上你了。听姐姐一句，拜托了。”

“我干吗要听你的话？”

林冲终于还是甩开了小星的手，离开了病房。

“你还是先担心自己吧，明明连鞋子都没法穿好。”

小星才感受到自己穿错了鞋子。我到底是有多没用啊……林冲向着慌乱的小星给了最后一击：

“操，我可没有个瞎子姐姐，赶紧给我放开！”

林冲毫无眷恋地离开，他的朋友们也开始跟着他一起离开。

小星感觉到林冲越走越远，不知道该怎么办，徘徊在那里。后面有个人一直在盯着小星——是唐峥。

唐峥看着徘徊在走廊的小星，冷笑着。在他的眼里，小星就像是马上要被他捕获的猎物，在无谓地挣扎着。每当看到猎物挣扎，唐峥都会有种莫名的快感从指尖传来，他下意识地咬了咬自己的嘴唇。

林冲和他的朋友们正伸长脖子看着正在进站的公交车。

“钱没拿上，脑袋差点也不保呢。”

看着在公交车上的广告，戴着眼镜的家伙嘟囔道。

“啊，那个人，不是刚才那个女人吗？”

高个子的朋友发现坐在对面公交站的小星，拍拍林冲的胳膊。林冲看着坐在那里表情忧虑的小星，戴上耳机表示再也和他没有关系。这时，对面也来了一辆公交车。刚刚好，拜拜，再也不见！林冲向正要上公交车的小星和聪聪撇着嘴。突然，林冲看见了跟在小星后面上公交车的男人，他蹦了起来！露在口罩外面闪着冷光的那个男人的眼睛，那就是追赶自己的“蛇眼”！

就是那个家伙！

林冲的身体瞬间僵直。但是，对面的公交车已经关上了门，出发了。

“妈的！”

朋友们看手忙脚乱不知道该怎么办的林冲，围了过来。

“啊？”

林冲瞬间就跑到街道的对面！

“喂！”

林冲的朋友们还是一头雾水地站在原地。

林冲勉强避开了道路上开过来的车子，跑上后面的那辆公交车。

结果，我还是什么都做不了。就这样无力地坐在公交车上，什么都没有做到。在这一瞬间，小星突然庆幸自己什么都看不到，不然自己得面对着照在车玻璃上的那个令人无语的、没用的女人。

是因为太晚了吗？小星发现公交车上的人格外少。还好，没有那么多人。小星想把自己像藏到水底一样，藏在这寂静的公交车中。这时，震动。是从小星的外套口袋里传出来的震动。不想接。但是小星想着，也许是鲁警官，于是拿出了手机放在耳边。

“你别说话，只听我说。”

“林冲？！”

听到林冲急匆匆的声音，小星握紧了手机。

“靠，我让你只听着！有耳机吗？”

“有……”

“我们用视频通话，快点插上耳机。”

“到底怎么了……”

“让你做你就做啊！”

那一瞬间，小星想起了那个男人。那个男人是和林冲在一起的吗？不管怎么样，小星还是先把耳机戴到耳朵上。然后——

“林冲，你现在不要紧吗？”

“拜托你安静一点好吗？”

“嗯……”

“你听我说，那个家伙现在和你一起坐在公交车上，用你的手机拍一下四周。”

小星的手微微颤抖着，差点把手机掉到地上，但她马上让自己冷静下来。大概是因为，她知道了林冲并没有和那个男人在一起。

紧接着，她装作挂断电话，动作自然地照着公交车的各个角落……

“要疯掉了，真是的……”

林冲坐在后面的公交车上，感觉心急如焚。我应该陪着她的。但后悔已经晚了。林冲看着从小星的手机拍摄过来的、公交车里面的影像，咬紧了牙。拜托，至少人多一点，别让那个家伙为所欲为。但是，公交车里空空如也。

“妈的……”

这时，林冲看到在手机中闪过的口罩，表情瞬间僵掉。

“等一下，往左边再照一下。”

小星按照林冲说的去做。这时映入眼帘的，是唐峥的身影。唐峥坐在小星的对面，就像是在观察一幅画一样，盯着小星看。那双眼睛就像是在看着自己，林冲不由得发出了惊呼……

小星戴着耳机，就像是在欣赏音乐，突然，她的眼睛颤抖着。唐峥像是看着什么有趣的场景，嘴角嚅动，露出残忍的表情。

“那家伙就坐在你对面！但是车厢里没什么人了，下一站你必须下车！”

小星把手机上下摇晃，替自己说“我明白了”。

“啊……拜托，要顺利进行啊。”

林冲看着小星摇晃着手机的画面，焦虑地咬着指甲。这时，小星像是从座位坐了起来，她的画面开始移动。但是，林冲坐的公交车穿过十字路口，竟然在往右拐。

“啊，不行！”

看到慌忙跑向车门、发疯了似的敲门的林冲，司机无可奈何地把车停下，让他在不是站点的地方下了车。

他踉踉跄跄地跑下车，连忙拿出自己的滑轮鞋，穿上跑起来。

“聪聪，到了，我们下车。”

小星努力装作什么事都没有发生，走到车门。突然，随着重重的脚步声，有人走了过来。

“嘘，在下一站下车。”

是那个男人。

小星感觉到有东西顶到了自己的腰部！是手术刀。

小星感觉到那个男人的体温，身体变得僵直。

“好。慢点。”

那个男人就像是在哄婴儿一样，让小星乖乖下车。

“喂？喂？出什么事了吗？”

林冲正穿过公园，努力赶上小星坐的公交车，他的声音被袭来的恐惧劈成两瓣。看着与刚才完全不同的影像，林冲急得要命。肯定是出了什么事。

“不要挂掉电话，现在马上过去。”

林冲疯狂地跑起来，拼命地呼喊着。他急切的声音穿过公园，扩散到空中……

“这里会是哪儿呢？”

小星绷起浑身所有的神经，正感觉着周围。这是在回家的路上，应该不是完全陌生的地方。小星现在才后悔，刚才接林冲电话的时候已经完全慌了神，没有来得及估量距离。

“好吧，接下来，我们散步。”

听到那个男人的声音，小星的身体不禁颤了一下。

唐峥带着小星下车的地方，是个百货商场附近的站点。他悠闲地享受着从手术刀传来的、小星的恐惧，慢慢移动着。

对于两个人这种奇妙的散步，聪聪也感觉到很奇怪，它怎么都没有打算动起来。小星抓紧了背带。

“聪聪……我们走。”

聪聪这才开始走起来，小星慢慢地跟着。这时，小星的脚底下感受到的是街道用的盲文导航砖的纹路，她感受着脚底下长长的盲文导航砖，推断这附近可能有个公共商场或地铁。对于盲人，街道的导航砖是一种地图一样的东西，有了它们的指引，并不是毫无胜算。

小星悄悄地打开了包。然后——

“啊啊！”

她向唐峥喷射了防狼喷雾！趁唐峥痛苦地捂住眼睛的瞬间，小星大喊：

“聪聪，快跑！”

感受到背带强烈地收缩，聪聪跑了起来。小星踉跄地跟在后面跑！

“妈的！”

唐峥这才开始追赶。

“林冲。”

“我在！”

“我现在要去哪里？”

影像晃得十分厉害，林冲终于看到了小星。看到小星的瞬间，林冲快要精疲力竭的双腿感觉又充满了力量，他加速跑了起来。

“前面有个商场，到那里面去。”

林冲从摇摇晃晃的画面看到的，是个百货商场。

“正面有台阶，走下去！”

小星一手拿着背带，一手拿着手机照向前面。

“前面有障碍物！左拐！嗯嗯，然后右拐！”

小星按照林冲的指示，慌忙地绕着弯。

“正面是楼梯，从那里走下去。”

小星和聪聪急忙跑下楼梯，从商场楼下的通道跑着。

“呀！”

小星和聪聪的速度错开了，最终，小星被绊倒在了地上。聪聪停下来，看着小星。

“没事吧？”林冲关切的声音传来。

“聪聪！”

可能是这个状况让聪聪混乱，聪聪实在不知道该怎么办。趁这个时候，唐峥加快速度跑向小星。

小星听到令人恐怖的脚步声，慌忙站起身来。但是——

“啊！”

小星的身体已经软掉，无力地瘫在地上。

“干吗呢，快！快起来！”

林冲眼睁睁地看着危险向小星袭来，简直要疯掉。

“相信我，我快要到了，快点站起来，快啊！”

“哈啊，哈啊！”

听到林冲的声音，小星竭尽全力站起来，她本能地摸着地板。她摸到的是道路盲人导航砖！一瞬间，小星面前的黄色盲道在黑暗中延伸开来。

小星再次开始踩着黄色盲道跑了起来。

黄色盲道好似在跳舞一样，弯弯曲曲的样子。

它们正引导着小星！

“哈啊，哈啊！”

小星拼命地跑了起来，聪聪就像是在掩护小星一样，跟在后面跑。

“再加把劲，前面有电梯！”

小星感觉到，在黑暗中，唐峥恐怖的脚步声逼近了她。

“马上就到了！”

终于，小星摸到了电梯门！她连忙按住了向上按钮。但是，电梯门没有理会小星的心急如焚，缓缓地打开着！

“呃啊啊……”

唐峥看着小星的背影低吼道。

“拜托，拜托……”

电梯的门终于打开，小星连忙冲了进去。聪聪跟在身后。

“啊……聪聪！”

小星想着终于能够得救了，用力抱住了聪聪。但是不知何时，那个男人的脚步声已经来到了跟前。小星疯狂地按下关门按钮。

但是，电梯门依然缓缓地关闭着。

“呃啊啊啊啊！”

随着恐怖的吼叫声，唐峥扑向了电梯。与此同时，电梯门也要关闭了。

“哐！”

“？！”

不知道什么时候，唐峥已经把手伸进电梯门的缝隙中！

“呵呵，呵呵呵呵……”

随着唐峥恐怖的笑声，电梯门被慢慢打开。

“呜……呜呜……”

“你做得挺不错嘛。”

唐峥走进电梯，眼睛慢慢扫着小星。然后，他的左手把注射器插到了小星的脖子上。

“喂？姐姐？！喂？”

“啪——”影像掉到了地上，林冲拼命地叫喊着。他不敢想象，小星到底发生了什么事情。不，他其实是不想去想象。没事，应该不会有事，会撑下去的，然后我要去把姐姐……

真的发生了什么事情该怎么办？光是想到这里，林冲感觉就要疯掉了。这时——

“咕——咕噜噜——”

是聪聪！它咬住了唐峥的裤脚，拼命地把他往外面拽。

“聪……聪……”

小星在即将失去意识的时候，还在叫着聪聪。听到小星的声音的聪聪更是咬着唐峥的裤脚不放。

“这个狗崽子。”

是手术刀。

“呜！”

唐峥已经失去了冷静，他疯狂地用手术刀戳着聪聪！

“聪聪！”

林冲看着喷到画面上的聪聪的血，哭号着。

戳！戳！戳！

男人拿着手术刀不停地戳着聪聪的身体。

戳！戳！戳！戳！

“呜！呜呜！呜……”这是痛苦的呻吟声。林冲只能听着这个痛苦的声音，不知何时，他的眼睛已经充血。

“啊！”

只能眼睁睁看着聪聪死去的林冲，感觉心都要被撕碎了。

聪聪的身体正在被男人撕碎，但它仍然咬着唐峥的裤脚不放。哪里来的这种力量呢？聪聪面对着唐峥惊人的力量毫不退缩。相反，每次唐峥想要靠近小星，它都疯狂地咬住他，终于成功地将他拉出电梯门外！

这时，电梯的门也慢慢关闭。唐峥看到此情景，眼睛从急切变成了愤怒。

“你这个畜生……去死吧！”

唐峥的手术刀终于将聪聪最后一口呼吸夺走了。

“聪……聪……”

小星急切地呼喊着聪聪，但这个声音未能传达给聪聪。它只是，眼睛眨呀，眨……聪聪用最后的力气望着已经失去意识，而且慢慢僵住的小星。被血染红的聪聪的眼睛里，突然，流出了一滴泪水，电梯门慢慢挡住它的视线。

“呜……”

聪聪凭着最后的力气睁着眼睛，它看到载着小星的电梯门关上，并往楼上移动，终于，慢慢闭上了眼睛。终于结束了。闭上眼睛时，它似乎露出了安详的表情。

“啊啊啊啊！”

野兽般的吼叫。唐峥怒视着正在开上去的电梯，又一次将手术刀插进了聪聪的身体。

“这些人，我就不信你们家里的卫生纸也是那么用的，哼！”

今天的洗手间格外脏，可能是因为今天比往常有更多人吧。清洁工刚刚打扫完，她抱怨的声音回荡在已经结束了营业的商场里。

可能是打算再擦一下楼梯就休息一会儿，清洁工迅速穿过大厅。

“叮——”电梯来到了第一层。清洁工往电梯瞟了一下，想着，可能是哪个顾客还没有回去吧。

“呃啊啊啊！”

电梯门打开，清洁工看到了里面的情景，发出了疯狂的尖叫声。

浑身血迹、倒在血泊中的小星的样子，简直不能只用“惨”来形容。

“姐姐！”

听到惨叫声的林冲和警察这才赶到现场。林冲看到浑身是血、失去了意识的小星已经茫然自失，因为他觉得这一切都怪自己。

爱别离苦

“……聪聪？”

小星看到一个小小的、可爱的狗咬住了自己的裙子，她一眼就看出来了，这就是自己的聪聪。

“呜，呜呜……”

柔软的手感。小星每天晚上帮聪聪洗澡的时候，她都会想象着它的样子。它的毛是像秋天里落叶那种亮褐色的吗？还是，雪白的颜色？还是，会像是夜晚的天空那种黑色的呢？

聪聪的样子和她所想象的颜色绝妙地做了配合。聪聪奶黄色温暖的毛，仿佛是一小滴褐色掉进了白色。不仅如此，聪聪湿湿的、看起来无比温顺的眼睛像是黑色的玻璃，闪烁着温柔的光。搭在两边的耳朵……

“聪聪，你……”

小星真的是太喜欢聪聪身上毛的颜色了。这时——

“汪！”聪聪像是在催她一样，开始叫了起来。怎么了？你要去哪里？小星为了跟着聪聪走，习惯性地拿了牵引链。

小星这才发现，自己现在正在看着聪聪。

怎么会……怎么会有这样的事情？

“汪！汪！”

聪聪像是等不及了，开始咬住小星的衣角拉了起来。小星看着略微着急的聪聪，都没有来得及搞清自己身上发生的事情，就跟着聪聪跑了起来。

“啊！……”

无边无际的——花的海洋。小星惊愕地看着出现在自己眼前的美丽的情景。很久以前，为了躲开下午的阳光，在和聪聪一起睡的午觉的梦中，她看到过这个情景。她恨梦境实在是过于短暂，从此以后一直在回味着那个梦境。但是现在，它竟然成为现实，出现在自己的眼前。

“聪聪……这里真的太美了！”

小星看到这简直难以置信的情景，心里却突然觉得无法释怀。明明这么真实地在看着，这种无穷的思念，到底又是些什么呢？小星突然好想抱住聪聪。这样下去，自己不知道什么时候会哭出来。但是，聪聪不见了！

“聪聪？”

“聪聪？聪聪！”

小星的心沉下去了，一瞬间，踌躇在那里，不知道该如何是好。小星急忙跑到花丛中。

“聪聪……聪聪，你在哪里？”

小星焦急的声音回荡在长满了花的坡上。这时，白色的满天星花丛被血染得红红的！是聪聪！像是闻到了死亡的气息，聪聪吭吭地闻着，身体变得越来越冷。它已经不再是小时候的样子了。

“聪……呜呜，聪聪……聪聪，快点起来……聪聪！”

“……”

小星找回了意识。

“醒了，醒了！姐姐醒了！”

林冲看到小星朝向上空的、空洞的眼睛，就不管三七二十一，大声叫了起来。整个晚上，他都在祈祷小星能醒过来，他已经求过了自己知道的所有神仙。

“你终于醒了！”

鲁力听到林冲的声音，马上就跑了过来。

真是让人哀伤的梦。小星想到刚才还流着血慢慢死去的聪聪，叹了一口气，还好那一切都只是梦境。

“……聪聪，聪聪呢？”

“……”

“……”

林冲实在无法面对一睁开眼睛就开始找聪聪的小星。他尽力避开着小星的视线，默默地把牵引链放在她的手上。

“聪聪受的伤太重……流了很多血，来不及救回来了……”

“那……”

小星摸着牵引链上聪聪的名字，突然想到在梦里看到的花丛。满天星在坡上烂漫地开着，聪聪的血，就像是晚霞一样，染红了那白色的满天星[①]。

“嗒——”

小星的泪水掉到牵引链上。是吗……原来是这样……小星想起昨天晚上聪聪在自己的怀里不肯动身的情景。聪聪那时已经看到即将发

---

① 满天星的花语有死亡、透明的心、哀伤、干净的心、约定、爱情的成功、心切、永远的悲伤等。

生在小星身上的危险的影子。然而，当它成为现实，聪聪毫不犹豫地献出了自己的生命。

“……呜，呜呜……呜啊啊……”

小星把牵引链抱在怀里，眼泪一滴一滴快速落了下来，慢慢发出撕心裂肺的哭喊声。看着小星，林冲和鲁力的心情也无比复杂。因为，本来就弱得要碎掉似的小星的身体，现在终于像是要融化在悲伤中，消失在阳光里……

追踪

“啪——”

房顶的灯一下亮了起来。蓝色的灯光把唐峥的影子拉得长长的，看着有些毛骨悚然。

唐峥缓缓地走向地下室中央。他的视线映入的是——放在正中央的手术台。

是丁佩佩。她像个睡美人一样，面无表情，躺在手术台上。

唐峥看了看丁佩佩，视线又转向了旁边。两张床并列放在地下室的一个角落……躺在那里的分别是不久前消失的郑惠英，还有于露。

奇怪的是，手脚被铁链锁上躺在手术台上的郑惠英的样子。她的脸裹满了白色纱布，就像是一具木乃伊，只有她脖子上的蝴蝶文身，能说明这个女人就是郑惠英。

“呜呜呜……”

还有一个人。手脚也是被铁链锁上，躺在另外一张床上的于露，用充满恐惧的眼神看着站在手术台前面的唐峥。

“……”

唐峥在视诊中，他仔细地看着躺在手术台上毫无意识的丁佩佩的脸。

“嗯……”

貌似是做好了所有的准备，他伸直了腰，开始给芭蕾舞八音盒上发条。然后，唐峥开始哼唱着旋律，于露被这个声音吓到了。八音盒转动，唐峥哼着旋律……接下来要发生什么事情，她再清楚不过了。

“嗯……嗯嗯……”

唐峥戴上了手术用橡胶手套，然后开始在丁佩佩的脸上标上需要动刀的部分。那个样子简直，是个恶魔。

“嗯……”

唐峥觉得有些不满意，他抬起头，看向前方。他的视线到达的地方，是一幅少女（十八九岁）的肖像画。少女拥有着非比寻常的美貌，令人为之目眩、心驰神往。她的笑容美丽而纯洁，眼睛看向手术台。

“倩……”

瞬间，唐峥的眼睛变得湿湿的。到底会是谁呢……都到了这个时候，于露还对这件事情感到好奇。这时，“嗡——嗡嗡——”突然响起电锯的声音，让于露极度恐惧，她知道又要开始了！

不知何时，唐峥又变回了恶魔，手上拿着电锯。唐峥看了看锋利的锯齿，脸突然朝向于露，冷冷地笑了笑。

“……啊……啊……啊！”

这是公安局引以为豪的影像分析室，里面放满了各种尖端数码设备。各领域的专家们都聚在这里实时分析各种资料，这些设备全天都在运转着。

林冲坐在中间，被警察们围着，正拼命地回忆着，从他的身上已经看不出之前的那种孩子气了。

“他的眼睛细长细长的，眼白很少，眼角有一种深深的疲惫感，但是瞪大眼睛的时候又像野兽一样恐怖！”

研究员按照林冲的陈述，把资料输入了进去，3D合成画系统迅速运转起来。不一会儿，显示器上就出现了一些和林冲的描述相符的画像。鲁力在后面看着林冲走了过来，轻轻拍着他的肩膀。

“即使画不出整个脸的样子也没关系，尽力就好！”

林冲还是拼命想集中精神。看着林冲的样子，鲁力有些心疼。

“我一定会想出那个家伙的脸！”

小星昏迷着的时候，林冲看到了她身上各种自残过的痕迹。她不止次地划过自己的手臂，她是如此绝望。而聪聪，在她最难过的时候一直陪伴着她。林冲能感觉到，聪聪对小星来说，意味着什么。

林冲想起在自己的眼皮底下渐渐死去的聪聪的样子，以及它那么想要保护的小星那天晚上撕心裂肺的哭声。响彻在他耳边的聪聪的悲鸣和小星的哭声，他想自己应该好长时间都无法忘记。无论如何，都要找到那个家伙，一定要。

林冲坚决的样子让鲁力也找回了力气。

“山东兵！你再检查一遍地铁内的监控。路涛报告一下丙泊酚的流通渠道。眼镜！你去调查一下犯人使用的‘只约’账号！剩下的人对这段时间经过的大众高尔夫6进行盘问调查！”

警察们按照鲁力准确的指示纷纷开始行动，而合成像也慢慢接近着唐峥的样子……

唐峥正坐在客厅的书桌旁，搜索着相关的信息，那双眼睛简直就是把合成画像上的眼睛照搬上去的。他的愤怒被电梯上的袭击事件的新闻彻底燃起了。

“……”

“啪——”

唐峥手上的铅笔被弄断……

合成画像工作再也没有什么进展。守着合成工作的研究员们也累得不轻，他们的身体靠到椅子上，闭上眼睛。

“呼……”

鲁力也一脸疲惫，抱住头长呼了一口气。他看着林冲还在努力想着犯人的样子，不禁心疼起来。

是眼镜警察。

“真的吗？”

鲁力迫切地问着跑得气喘吁吁的眼镜警察。刚刚在盯着显示器的林冲也跑了过来，急切地等待他接下来的话。

“一个叫‘天上的星星流泪’，另一个叫‘地上的玫瑰枯萎’。”

突然，鲁力想起小星和他说过的话。

“等等，小星说过的ID叫‘只要有你陪’。”

鲁力推了推眼镜，歪着头。

林冲突然插嘴："等等！"

瞬间，房间内所有的视线一下聚集在林冲的身上。他连忙拿出自己的手机，按下了播放键。

"找到那个家伙用手机跟郑惠英和于露联系时用的账号了。"

响彻在图像分析室的是《虫儿飞》！

大家一开始听到的时候显然吓了一跳，但是马上就听出来了，歌词中掺杂着的正是那个家伙的账号，大家开始兴奋起来。

鲁力难以置信地跑来抢走林冲的手机，歌声回响。鲁力的表情渐渐变成了无比确定的表情。

"那家伙的所有账号，都是从这首歌的歌词里挑出来的！所以，如果他再犯案，所用的ID肯定也会从这首歌里出来！"

听到鲁力的话，在场的警察们的脸上突然有了血色。

"你立了大功！"

鲁力向林冲竖了个大拇指，紧紧抱住了林冲。

小星哭累了，一整天望着窗户发呆。妈妈看着小星一直怀抱着聪聪的牵引链不放，觉得心都碎了。

“小星，跟妈妈一起回家吧。”

“……”

“这个时候应该和家人在一起……”

“聪聪也是家人……”

妈妈看到女儿都没有等自己讲完就打断自己，心中觉得有些委屈。

“可是小星，你除了聪聪还有妈妈啊！”

可能是感受到了妈妈声音中的颤抖吧。

“……对不起……”

但是，小星依然呆呆地望着窗户。妈妈看着小星这个样子，觉得实在是看不下去。

“……”

过去的三年，聪聪默默守护着小星。因为有聪聪在，小星才能慢慢地接受和梁聪的离别。妈妈渐渐露出失去聪聪而难过的表情，因为她看到，印在小星的眼睛里的伤痛，实在是太多了。

“小星，总之我们先回家吧，先回家，然后……”

“找到了！找到了！现在能把那个家伙抓……”

林冲什么都不顾地冲进了病房，但是他马上就被室内冰冷的气氛吓得缩了回去，窥视着小星和她妈妈。

“小星，妈妈去倒杯水。”

妈妈抱起还剩一大半的水瓶，走了出去，看样子是为了让他们单独谈谈。林冲这才走近小星的床边，他的脸上露出了灿烂的笑容。

“姐姐，那个家伙完蛋了，过不了几天，他会被鲁力叔叔逮到，就是我找到的决定性的线索哦！哈哈哈哈！”

小星还是呆呆地坐着。林冲看到她这个样子，脸色顿时也跟着暗了下来。为了告诉小星这个消息，林冲从警察局一口气跑到了医院。他想，也许姐姐听了这个消息，会开心一些。

也许是感觉到林冲这样的心情，小星慢慢转向他。林冲没有错过这个机会，赶紧说：

“那个家伙的账号都是我最喜欢的歌曲的歌词！”

“歌词？”

看到小星竟然还回他的话，林冲的话突然变多了。

“是啊，真是没有想到……那个家伙原来也喜欢我的聪大哥的曲子。也是，因为那是首名曲嘛！对了，今天会开梁聪的追悼演唱会，姐姐有听过吗？是一个叫 Pole Star 的乐队，是我的聪大哥的乐队呢。”

听到林冲提起梁聪，小星的脸色瞬间变得更加没有血色。看着她这个样子的林冲不知道自己是不是又闯了什么祸，怯怯地看着小星的脸。

林冲突然抓住了小星的胳膊。虽然不知道是为什么，但林冲想要挽回自己的失误。

小星感觉到胳膊突然被抓住了，想要挣开。这时，她听到林冲孩子气的声音：

“路小姐，稍微赏个脸，给我一点时间，好吗？”

林冲带小星去的地方是能看到灿烂的夜景的医院顶层。

“唰啦——”

林冲穿着滑轮鞋，滑着华丽的曲线，停在小星的面前。不知道是什么时候，小星的脚上也穿上了滑轮鞋。

“啊！”

小星想要找到重心，手在半空比画着，终于，眼看就要倒下来了。林冲迅速抓住了小星的手。

“放轻松一点，因为害怕过于用力反而会倒下去。不用想太多，抓紧我的手就好了。”

听到林冲的话，小星再一次尝试了一下，但觉得还是做不到。

“还是不行……我不要再滑了……”

“嗯哼！不可以成为恐惧的奴隶哦！好啦，慢慢地，一步一步往前走试试看嘛，相信我！”

“……”

小星感受着正紧握自己的手的林冲的手。她想到紧紧握住自己的手的梁聪的手……

“路小星！不如你也上来吧？”

为了给姐姐看搭在天使雕像上的鸽子窝的梁聪使劲伸了伸手，小小的，但是非常可靠的手……那个手现在抓着自己的手。

小星感受着抓着自己手的林冲的体温，开始慢慢动起来。

“看吧，这不就会了嘛！”

林冲现在应该在笑。她想象着林冲露出整齐的牙齿，灿烂地笑的样子，渐渐露出了笑容。

“我知道，姐姐你肯定认为我只是个没有想法的小鬼。”

林冲一边滑行，一边说。小星的头慢慢转向林冲。

“但是吧，我也有我自己的烦恼啊……每当那个时候，我都会来滑旱冰，滑着旱冰吹着风的感觉简直棒透了！哈哈哈，还有些变成了小鸟的感觉……总之，感觉很棒吧？”

虽然有些蹩脚，但是个温柔的安慰。慢慢地，小星用力抓住了林冲的手。

“林冲，你现在能不能陪我去一个地方？”

听到小星没头没脑的话，林冲先是摸不着头脑的样子，但是马上露出了灿烂的笑容。

“当然可以啦！”

八音盒

室内贴上了充满都市风情的深灰色的壁纸，高高的屋顶照射着明亮的灯光。但不知道为什么，即便这样，房间里还残留着藏不住的黑暗。

摆在室内的家具简单得简直有点像是禁欲者的修行房。就像是在展示终极的节制美，只用最小的线和面组合而成的黑色不锈钢的客厅的茶几和沙发上，简直无法感觉到一丝温度。还好有个樱桃颜色的台灯缓和着室内冰冷的气氛，但台灯是关着的。从已经拔出来有一段时间的插座来看，这个台灯大概有很长一段时间没有发挥作用了。

唐峥的身影照在客厅的大窗户上，那个样子像是站在冬天的荒野上，吹着寂寞的风。从什么时候开始站着的呢？开着窗户的窗台上，烟灰缸里放着自顾自烧完的烟头，烟灰保留着完整的形态。

唐倩离开的空间，逐日扩散着。唐峥感觉被这一空间挤压着，让他感觉到阵阵的恐惧，这种恐惧已经到了让他再也受不了的地步。必须得做点什么。唐峥加快脚步来到自己的抽屉前面。

“啪！”

急着开启抽屉的唐峥，用空洞的眼神看着抽屉，抽屉中还有未来得及开通的手机躺成一列。整齐地排着的手机又一次告诉唐峥，自己犯的失误到底有多愚蠢。

就像是让几乎钓到的鱼跑掉了一样，一次又一次，小星就在自己的眼前逃走。这种失误太不像自己了，太蠢了，唐峥再也不想重复这种失误。

“……”

过了一会儿，唐峥按照顺序，拿出排在最前面的手机，他的手上还拿着新的手机卡。他熟练地把手机卡放到手机卡槽，他的眼睛已经闪烁着狂气。然后慢慢地，他往手机里安装了“只约”软件……

眼镜警察正坐在电脑前面，盯着屏幕。突然，他感觉自己的眼睛都要蹦出自己的镜框了。

“登录，登录啦！”

随着眼镜警察的尖叫，市公安局刑警搜查队里面的空气开始紧张起来。

“那家伙登录了吗？”

鲁力不知道什么时候赶了过来。眼镜警察感觉就在等着鲁力发问，他开始了机关枪似的报告：

“是的！不怕天黑！这就是那个家伙的新账号。”

“位置追踪到了吗？”

鲁力焦急地把脸贴了过来。

“富华山庄32B！业主的名字叫唐倩。”

“嗯……”

鲁力盯着显示器上显示的地点。

“原来你这个浑蛋藏在这里呢……给我好好藏起来……小心被我弄死……眼镜！”

“是！”

“马上申请搜查令，兵分两路，让美然他们也按照计划进行。啊，必须要冷静！眼镜，你现在就跟我走，马上！”

“嗒嗒嗒……”

唐峥疲倦地看着八音盒发条的转动逐渐变慢。

“咯噔，咯噔，咯噔。”

唐峥走进血腥味弥漫的地下室，他走到唐倩的肖像画前。

“倩……”

看着唐倩的肖像画的唐峥的眼睛里充满着思念。瞬间，仿佛从唐倩像精灵似的纯洁的微笑中响起了八音盒的声音……

漂亮的包装盒打开了，从里面出来的，是芭蕾舞少女的八音盒。

“嗒嗒……嗒嗒嗒嗒……嗒嗒……”

唐倩小小的手上了发条，芭蕾舞少女慢慢开始转了起来……

少女恍惚地看着这个情景，一会儿，她转过头来，向站在旁边的唐峥嫣然地一笑。

唐峥看着少女露出灿烂的笑容……

“嗒……嗒嗒……嗒……”

八音盒的发条终于停止了工作。八音盒仿佛马上就会响起来，但是，却无法再听到它的声音。

“为什么……”

唐峥的眼中只留下了绝望。

“为什么，为什么要弄脏自己，为什么连我的手也要弄脏？！”

唐峥愤怒的声音就像马上将唐倩的肖像画粉碎掉。一回过神，唐峥已经变成了一只怪物，他的眼中闪烁着狂气……

“你这到底是怎么了！”

“我怎么了？！”

唐倩穿着迷你短裙，上衣开到胸部，戴着墨镜，正怒视着唐峥。

“你看你现在这个样子……”

唐峥因为担心妹妹，一夜未合眼。当他看到出现在自己眼前的唐倩的时候，已经无语了。

兄妹俩小时候父母因事故双亡。唐峥长兄代父照顾着唐倩，这是他唯一的亲人。但是，妹妹的样子现在却如此惨不忍睹。

“你一个晚上都没有跟我联系……你到底在哪里？都做了些什么？还有……你穿成什么模样？”

“我和朋友一起玩！手机只是没电了。再说，我的样子到底怎么了？”

唐倩已经变得动不动就说谎了，唐峥看着妹妹红红的嘴唇，又一次绝望了。

“朋友？哪个朋友？”

“我说了你又不认识，难道你知道我所有的朋友吗？干吗老跟我装条子？你是我爸吗？”

“……你以为我不知道，你每天晚上都用那奇怪的软件见一些奇奇怪怪的人吗？”

“……哥……哥哥你对网络懂什么？还有，我已经是20岁的成人了！我的事情我会自己看着办！”

“什么！”

面对妹妹的回嘴，唐峥简直不知道该说什么。自己那么辛苦地把妹妹养大，并不是想要这种结果。他发过誓，会让唐倩长成优秀的人，给爸爸妈妈看。但是现在，唐峥所有的努力都要变成泡沫了。

“你，过来！”

唐峥怒火冲天，抓住唐倩的胳膊，但唐倩粗鲁地甩开了哥哥。这时，唐倩的墨镜也一起被甩了出去。

唐倩的眼眶青了。不仅如此，虽然唐倩努力不和哥哥对视，但是她的肩膀和胳膊显然是被什么人打过，留下了难看的痕迹。

“这……这是怎么一回事？谁干的？说！快说！”

“我自己弄的！”

“什么？”

“你没有听到吗？我说我自己弄的！我走路不小心摔成这样的……所以，快点让开，我要去洗澡。”

“给我说清楚！”

唐倩怒视着正气冲冲地看着自己的唐峥。不一会儿，随着一声尖叫，唐倩开始乱扔手上抓住的东西。

“走开！不想见到你！走开！从我的面前消失！”

唐倩疯狂地扔掉芭蕾舞少女八音盒，就是那个时候。

“哐啷！”

唐峥看着摔在自己脚下的八音盒，眼神一下变得冰凉。

也许，发条被摔坏，掉在地上呻吟着的，正是唐峥自己。

唐峥看着这个还没有察觉到自己到底做了些什么、仍然在发狂的妹妹，他的眼神已经变得不正常了。

唐峥从肖像画移开了视线，慢慢转过身体。他的手术服沾满了血。

“呼……”

他疲倦地摘下同样沾满血的橡胶手套，拿起放在手术台旁边的八音盒。

“……为什么这个世上会出现‘只约’这种垃圾软件呢……为什么你们要用那种东西去约什么人呢？为什么？”

唐峥冷冷地看着刚刚结束了手术的于露。于露躺在冰凉的手术台上，脸上被线缝得密密麻麻，就像是一堆苍蝇贴在上面，极为恐怖！

“怎么样，是不是觉得手术非常成功？”

唐峥想到马上就能见到自己的另外一个作品，嘴角竟然挂着温柔的笑容。他转过身看向躺在旁边的郑惠英和丁佩佩。

她们的手和脚被冰冷的铁链锁着，躺在白色的床上，白色的纱布竟然缠到了头，已经失去了知觉。

“你们马上就会升华成世界上最纯洁的身体……怎么样，高兴吧？”

唐峥出神地看着自己创造的作品，开始给于露的脸缠上绷带。这时，“叮！”唐峥的手机响了起来。他把手上的纱布放下来，拿出手机。

“有人想添加您为好友。”

“呵呵呵……”

是“只约”软件。唐峥点击添加自己的账号“害怕悲伤”，查看对方的资料。女孩的笑容灿烂而妩媚，是美然。

“你好，陌生人，么么哒。”

男人看着美然发过来的信息，顿时皱起了眉头，眼神冰冷，充斥着愤怒——脏东西。

唐峥开始变得狂躁，手指疯狂地在动。同时，对话窗弹出了唐峥的回信。

“我们见个面吧，我会让你不再悲伤。”

真涡虫[①]

小星依着出租车的车窗，闭着眼睛。夜晚的灯火快速划过她的脸。

她紧紧握住聪聪的牵引链。林冲看着她这个样子，觉得心里真不是滋味。

自从出了商场事故，林冲的心中就滚进了一个石头，而且越钻越深。如果那天自己听了小星的话，如果等到鲁力警官来到医院，如果能等到鲁力警官送小星和聪聪回家，那么聪聪……不会死。

面对着越来越大的负罪感，林冲觉得不做点什么自己会疯掉。林冲能做的也只有帮鲁力警官找到犯人用的账号（而且那完全只是个巧合），或者带着小星滑滑旱冰。

虽然自己曾经经历过因为其他人而痛苦，但从来都没有想过，

---

① 涡虫科的扁形动物。有强大的再生能力。被砍成一半也不会死，反而会变成两只，是可以自我复制的稀有物种。

要让谁因为自己而痛苦。因此，对于林冲来说，这也是一种大大的打击。

“姐姐，我……”

林冲终于鼓起了勇气。

“不是你的错……”

小星温柔的声音有推走林冲心中那块石头的力量。

“聪聪的事情……不是任何人的错……”

“姐……”

“你和我一样难过啊……无论是对你，还是对我，那件事情就是一件让人不好受的事情。”

小星说着，但也许，这句话也是她想要对自己说的话。小星放开牵引链，紧紧握住了林冲的手。就像小星三年前做的一样，现在的林冲想要一个人担当全部责任。这让小星很是心疼。不要，求你不要。

聪聪的死，也许只是在这世界上发生的令人无可奈何的事情。这一瞬间，小星突然想到了妈妈。

“妈妈……”

妈妈肯定也难过，只是小星被自己的悲伤弄得没有余力去管那些事情。怎么能现在才想起这些道理呢？妈妈是通过安慰小星，来安慰自己的吧，就像现在安慰林冲的自己一样。不要，求求你不要……也许妈妈一直在和自己说这样的话吧……

鲁力疯狂地踩着油门。眼镜警察坐在鲁力的身旁，挂掉电话，向鲁力报告：

“富华山庄32B业主名叫唐倩，女性，20岁！但奇怪的是这三个月都没有她的生活记录！连个通话记录或刷卡记录都没有！”

“是吗？那有其他的情况吗？”

“她有个哥哥，叫唐峥，是整容医生。奇怪的是那个哥哥在三个月前处理掉了自己的医院，还是急转。”

“哥哥？”

鲁力听着眼镜警察的报告，逐渐证实了自己的推测。肯定没错！事有蹊跷……

鲁力用力踩下油门。

霓虹灯光飞舞的夜店今晚也充满了来找刺激的醉客们。

美然脱下了警服，穿上了性感的黑色超短连衣裙，但是就算化了妆，也无法掩饰她紧张的表情。虽然她装作已经喝醉了酒，踉踉跄跄，不时地看手机，但眼睛却紧张地观察着在夜店门口经过的车辆。

不远处有七八名便衣警察正在观察着她的周围。

鲁力关上了车灯，让车滑行到别墅的门口，盯着唐倩的别墅。他的表情比以往任何时候还要紧张。

“那个浑蛋会上钩吗？”

紧张的眼镜警察问道。

“谁知道呢，但无论如何，这次绝不能失误。无论那里面有什么东西，机会只有一次。一定要找到证据来给这个家伙定罪。”

两个人交换了眼神，终于下了车。他们拿着手枪，小心翼翼地进入别墅的入口……

“状况如何？”

同事通过对讲机问美然。

“还没有什么动静……”

“哟，这位性感的小姐，在等谁呢？”

声音是从一辆停在夜店门口的大众高尔夫6传出来的。

“难道是这个家伙？”

美然摇摇晃晃地走近车前。男人从车里伸出头，不安分的眼神扫视着美然。

“不怕……天黑？”

美然把头伸到男人的鼻子前，与男人对视，娇态百出地问道。

“啥？”

“？！”

美然想着，可能不是这个家伙，但是以防万一，才装作性感的样子。

“不怕天黑？”

“说啥呢，啊，了解！知道你什么意思了！所以和我在一起，天黑什么的‘绝对’不会让你害怕的，这下行了吧？”

说罢，男人抓住了美然的胳膊，想把美然抱住。

“不许动！”

七八名便服警察围住了大众车！男人吓傻了，下意识地抬起了手。

在远处，有人用冰冷的眼神看着这边。是唐峥！

他看着此情景，咬牙切齿地赶忙离开。但是，那个车却不是大众……而是奔驰！

不一会儿就到达别墅门口的鲁力和眼镜警察正静静地观察着室内的动静。

“这边！”

眼镜警察发现了半开着的窗户，拉住了鲁力。

鲁力一想到，与这个男人相关的信息就在前面这片黑暗中，心里不禁激动起来。

夜晚，别墅区早就没了人影。小星和林冲从出租车走下来，走向澜湖别墅。

“哇啊……原来姐姐家这么有钱！看这个大门，好大，哇！”

小星的表情僵硬，终于下定决心，深呼吸，挽住了林冲的胳膊。

林冲感觉到小星抓自己越来越紧，一种从未有过的责任感涌上心头。至少在这个时候，林冲觉得自己成了小星的骑士。小星依赖着自己、相信自己，决定要和他一起前进，这种信任让林冲成长。

“那就请进吧，小姐。”

林冲绅士地说道。

“好！”

小星慢慢地跟着林冲走进别墅，她的步伐中至少已经没有了恐惧。

鲁力用手电筒照着唐峥的书桌，久久无法动弹。

像是故意设计的，唐峥的书架上各种书籍被精确地分类，让鲁力感觉体温瞬间降至冰点。他仔细查看着展示在书架上的各种奖杯和领奖照片。

“2012年世界医疗整容研讨会特约嘉宾”

“2013年十大医学界风云人物”

……

鲁力看着唐峥华丽的履历，想起了以前自己在案例研究会上听到的内容。让人意外的是，这个社会也有成功人士是杀人狂，其中有一些人对美丽偏执。他们的这种性情，在他属于的集团中反而会成为让他攀升到很高位置的原动力。

听那次演讲的时候，鲁力还想着这是哪儿对哪儿的鬼话。但是现在，看着眼前的情景，他终于相信，也许真的会有那种情况呢。那么，这些成功人士杀人狂为什么要从自己高高的地位走下来，变成了真正的杀人狂呢?

“看看这张照片！”

眼镜警察来到正在沉思的鲁力身旁，递给了他一个放在书架另一边的相框。

“看起来这就是那个家伙呢。”

鲁力低头看着照片中拿着芭蕾舞少女八音盒的唐倩和站在她身旁的唐峥，他们正露出灿烂的笑容。

他看着这阳光的唐峥，瞬间起了怀疑，这微笑中到底哪里藏着杀人狂的一面呢？但现在不是这样浪费时间的时候，要赶快救出那些失踪的被害者。

鲁力向慌乱的眼镜警察指了指楼梯，用手势告诉对方分头行动。眼镜警察立即赶往楼下。

“酷！”

小星打开灯，林冲看着眼前的景象，放下手上的滑轮鞋，发出了赞叹。林冲看着这华丽丽的、像城堡似的别墅，惊讶得无法闭上嘴巴。

“我决定了，今天开始，姐姐就是我的亲姐姐！”

“啊？”

“我可以逛逛吗？”

林冲说着没头没脑的话，兴奋地到处乱逛。

“你先看着吧，我去一趟楼上。”

“好！”

小星听着林冲的脚步声，慢慢地走上楼梯。

月光升在半空中，照亮了梁聪的房间。

梁聪的味道仍然残留在这里。很长时间都没有来过这里，孤寂的房间放着梁聪以前使用过的物品，它们对主人的思愁在月光下混合，发出淡淡的幽香。

小星深吸着梁聪的味道，开始摸索着地板。上次和妈妈一起来的时候掉下的尤克里里，小星到现在仍挂念着这件事情。

尤克里里倒在一边，像是摔倒的孩子，小星轻轻地把它抱起。

“梁聪……”

小星的睫毛微微颤抖着……

“姐姐，你原来是个警察啊？”

林冲看着抱着尤克里里下楼的小星吃惊地喊道。

“我说嘛，一直觉得你的正义感有些盈余呢。”

“……”

看来是看到了小星警校入学的时候照的照片。

“咦？”

“……”

“这个人，梁聪……是梁聪吧？姐姐原来是梁聪的姐姐？”

“嗯……”

“哇！酷毙了！”

林冲知道自己最喜欢的梁聪原来是小星的弟弟，不禁欢声大叫起来。林冲惊奇地看着，简直不敢相信自己的眼睛。这时，他看到站在身边表情悲伤的小星。

“……”

林冲这才明白今天在医院说起Pole Star乐队的时候，小星的脸色变白的原因。原来是这样……林冲这才明白，自己的话让小星伤心了，哪怕只有一秒钟。

梁聪的练习室贴满了他喜欢的乐队海报。林冲看到架子鼓还有其他各种乐器整齐地排在那里，欢呼了起来：

“这里就是梁聪大人的圣地？”

“圣地？”

“是啊，他可是我最喜欢的大哥！”

“这里……就是梁聪的梦开始的地方……”

林冲到处乱窜，兴奋地摸着各种乐器。“咚锵锵，噌噌！”正模仿梁聪敲着架子鼓的林冲看到了忧虑地坐在一边的小星。

可能是觉得自己太不会看气氛了，都没顾上小星的心情，有些不好意思的林冲放下敲鼓棒，到梁聪的祭台前。

梁聪灿烂地笑着。他的祭台上放满了他生前最喜欢的一些物品。

林冲拿起放在梁聪祭台旁边的打火机，给梁聪重新上了香。

“姐姐也一起来吧。”

林冲看着闻到味道转过头的小星说道。

“都……离开了……一个……又一个……爸爸，梁聪……还有，聪聪……”

“……”

林冲似乎终于能感觉到小星的悲伤了。她只能看着他们一个个离开自己，该有多恐惧。因为这种恐惧，她又得多心惊胆战……想到这些，林冲十分痛心。他看着仍然抱着尤克里里的小星，决定以后要守护她，不再让她孤单。

“嗡……”

随着柔和的机械音，车库门打开，感光灯也亮了。

鲁力的脸浮现出胜利的微笑。眼前正是唐峥的大众车。

“中头彩了……”

眼镜警察手上拿着枪，也来到了地下室的门口。

“咕咚——”

眼镜警察吞了一口口水。借着手机的微光，他环视着地下室入口周围。映入眼帘的，是锁在地下室门口的重重的铁链和铁锁。

里面肯定有什么。一般情况下会用这么大的铁锁吗?

眼镜警察悄悄地把耳朵贴到地下室的门上，里面是一片死寂。他感觉这种死寂正透过地下室的门进入自己的耳朵里，顿时觉得汗毛竖起……

鲁力观察着这辆车侧面的痕迹，应该是撞向林冲时留下的痕迹吧。鲁力想到头破血流、被急救车送进医院的林冲，顿时咬紧了牙。

“等着瞧吧，你个浑蛋……”

鲁力先翻找着车厢内部，但是不一会儿，他看到了满满地挂在墙壁上的假车牌。他认真查看着假车牌，这些车牌就是让鲁力白跑好几次的那些车牌。鲁力心中喊着万岁，这下有了确证……

鲁力突然感觉到了一股寒气。

“等等……为什么车会停在这里?”

“哐!”

突然，唐峥恶狠狠地向鲁力挥起扳手!

鲁力竭力躲开，但是手上的枪掉了下来，右手流出了鲜血。

“敢给我设陷阱?”

鲁力看到唐峥疯狂的眼神。瞬间，唐峥再次拿起扳手冲了过来!

“呀啊啊!”

但是，扳手挥空！同时，鲁力反击，扳手掉在了地上！

“咯咯——”

唐峥歪着脖子向着鲁力笑着，鲁力感觉全身起了鸡皮疙瘩！

“你……你这个家伙……”

唐峥又抓起了放在旁边的铁锤。

他已经嗅到鲁力的恐惧！

“呵呵……我说……为什么不去抓真正的坏人……竟敢来抓我？！”

鲁力的腿没法及时躲开，被铁锤狠狠砸到了膝盖。

“呃呃呃！”

鲁力感觉腿被打碎了，袭来的疼痛让他差点失去意识。但是，他没有退缩，用尽全力扑向唐峥！唐峥的铁锤被夺下来，他瞬间慌了手脚，鲁力乘胜追击！唐峥勉强躲过，迅速翻滚到鲁力的后面，他一把抓住鲁力受伤的右腿。

他冷冷地看着正在痛苦呻吟着的鲁力！瞬间，他从背后掏出来了手术刀！

戳——

鲁力面对突然撕开自己的肚皮而入的手术刀凉凉的触感有些不知所措。但是——

戳，戳，戳——

鲁力看着像疯子似的戳着自己的唐峥，才回想起，他是个左撇子。妈的，这么重要的事情竟然现在才想起来。咕……鲁力觉得荒唐似的，看着从自己肚子流出来的鲜血，转向唐峥，怒视着对方。

“浑蛋……”

但是，鲁力最终无力地瘫在地上！唐峥冷冷地看着鲁力，眼睛里早已没有了人的气息。

“哐！哐！哐！”

终于，地下室的门锁被子弹砸开。

“喝，喝，喝……”

眼镜警察感受着从枪口冒出来的热气，慢慢打开了地下室的门。

“嗒——”

他拉上灯的开关。然后，深深地咽了一口口水。

“……”

早知道就把鲁力警官也叫上了……但是，眼镜警察马上鼓起了勇气。然后……慢慢环视着周围。

“这……这都是些什么！”

眼镜警察看到眼前的情景差点吓得瘫坐在地上。他勉强打起精神，按下了手机键盘。

“您好，市警察局侦察队山警官……”

“是山警官吗？我是眼镜……好像找到所有失踪的被害者了……”

“真的吗？她们还活着吗？”

“是……好像，还活着……请马上增援……”

“没问题！不过你怎么了？声音变得这么奇怪？”

“……”

眼镜警察慢慢拿下了手机，眼中充满了恐惧。眼前简直是无法让人相信的情景，他感觉自己也跟着失去了意识。脸上缠满了白色纱布、躺在床上的于露和丁佩佩，还有坐在唐倩的肖像画下面、完全没有意识的郑惠英，样子简直就像是唐倩从肖像画中飞出来了一样。无论是着装，还是脸，都和唐倩一模一样！

回忆的房间

小星坐在天使雕像的长长的影子下面，陷入了沉思。

不知从何处传来尤克里里的琴声，小星回过神来。是我听错了吗？小星听到越走越近的演奏声，才发现那是林冲。

“黑黑的天空低垂，亮亮的繁星相随，虫儿飞，虫儿飞，你在思念谁……”

小星感激地看向正努力想让自己开心起来的林冲的方向。自己能鼓起勇气来到这里，也全部都是因为林冲。

“天上的星星流泪，地上的玫瑰枯萎，冷风吹，冷风吹，只要有你陪……”

不知何时，林冲已经坐在小星的身旁，继续唱着。

“不怕天黑，只怕心碎，不管累不累，也不管东南西北……”

“……”

小星心头一酸。没能听梁聪唱完的歌，今天竟然因林冲而听到。太长的时间，小星都认为自己绝对不会被允许听梁聪的曲子。

“嘿嘿，弹得一般般吧。”

“很不错啊……”

“我的爸爸也离开了。我妈妈说，不要依靠恨的力量在这个世界上活着。”

“什么？”

“呃……所以我是想说……那啥……姐姐也不要依赖着……嗯……像悲伤，那类的东西生活的意思！”

林冲牛头不对马嘴地乱说一堆，但是小星能感觉到，林冲正努力向自己表达的事情，到底有多温暖。把已经被自己深深埋在心中的伤痛拿出来给其他人看，并非是说做就能做到的事情。

即便如此，林冲想鼓起勇气，安慰着她。小星也慢慢开始动心。

“鲁队来短信了！鲁队来短信了！”

听到了语音信息通知，林冲的脸充满喜色。

“嗯！犯人已经归案，你在哪儿？我们见一面吧？”

“哇！当然要见面了！快点回信啊，姐姐！”

小星感觉终于放下了心，连忙回信。

唐峥的奔驰正缓缓开在夜晚冷清的街道。

“澜湖别墅。我和林冲在一起。”

唐峥盯着鲁力手机上小星的短信。

“在澜湖别墅和那个小鬼在一起，是吧……”

唐峥慢慢地，反复咀嚼着短信的内容，他的嘴角露出冷冷的表情。

刚开始知道警察们为了捕获自己而设了陷阱的时候，唐峥简直要气爆了。但是当他知道，正是自己一直以《虫儿飞》的歌词做账号给了警察们一个提示的时候，竟然变得比任何时候都冷静。多亏如此，唐峥才发觉，警察们比自己想象的更要接近自己。

“……”

唐峥也为自己有始无终的计划感到了疲倦，但已经到了最后一场戏。这大概，就是小星吧。如果是她，肯定能给自己一个最棒的压轴演出，唐峥感觉突然有了干劲。他认为他们之间有绝妙的共同点。

“嗒嗒嗒……”

唐峥看了看机械转动着的八音盒，突然，把鲁力的手机扔到了窗外。

他透过后视镜瞟了一眼，然后来了个急转弯。

“嗒嗒——”

刺耳的摩擦声，同时，放在副驾驶的燃油桶和铁链哐啷作响。唐峥的奔驰疾驶向前，天上聚起了乌云。

“闪！哐！”

就像要切开黑空一样的闪电在天空闪现，极不同寻常的雷鸣声在空中扩散……

在黑暗中

电闪雷鸣，大雨滂沱。警察们穿着雨衣，正从唐倩的别墅中护送被害者上救护车。她们刚从麻醉中醒来，脸上还缠着纱布，在警察们的扶持下踉踉跄跄地走上救护车。山警官看着一模一样的三张脸，摇了摇头。这时，眼镜警察跑了过来，脸上充满了不安的神色。

“山警官，怎么联系不上鲁警官啊！”

“什么？”

眼镜警察摘下了眼镜，不知道如何是好，山警官的神情也变得严肃起来……

雨越下越大，闪电光瞬间照亮了客厅。有人站在一旁，浑身上下都在滴水。是唐峥！唐峥放下了汽油桶，缓缓却毫无脚步声地走近沙发。

他环顾四周，看到了小星和家人一起照的照片。唐峥的嘴角诡异地歪曲，不知道是哭还是笑。这时——

“林冲，林冲你在哪里？”

小星正走下楼梯。

唐峥坐在沙发上，悠悠地看着小星，慢慢拿出了打火机。

“嚓——”轻快的声音，打火机打开了。

小星一惊，转向了发出声响的地方。唐峥欣赏着小星慌张的样子，慢慢拿出了烟，点上了火。

“呼……”

唐峥深深吸了一口烟，吐向了小星，眼神冰凉。

“谁？……是鲁警官吗？”

“嗒嗒嗒——”

小星浑身的汗毛竖起。是在那个男人的车上听到的声音（一开始以为是计价器的声音）！

“你，你是谁？”

“嗒——”唐峥把芭蕾舞少女的八音盒放在茶几上。

“姐姐……”

是那个男人！小星往后退了一步。她还隐约记得在自己的耳边响起的，那个男人的声音。

这时，就像是一条蛇，从那个男人的喉咙中响起了《虫儿飞》的旋律！

唐峥看着因恐惧而几乎要倒下似的往后退的小星，继续哼着旋律。

“你……你到底想要怎样？”

小星的声音好不容易挤了出来。

“呵呵……不用那么紧张，小星……其实，我们是一类人，不用怕，呵呵……”

“什么？”

一类人？小星感觉自己浑身的血都要被染成蓝色。

突然，小星闻到了一股汽油的味道！

“嗒，嗒嗒嗒……”

唐峥扔掉的汽油桶盖，滚到了地毯上。他把烟头扔到地板上，用脚踝了踝。

“……”

“你知道吗，小星……这不是什么偶然……”

“不要过来！”

小星感觉到唐峥正朝自己走过来，又退了一步。但是，男人没有准备停下来，他慢慢逼近小星。

“你坐上我的车，是老天的安排……我不是说过了吗？你肯定，也能理解我……”

“什么？”

“我们相似的地方，还真多……我们都那么疼爱着我们的弟弟和妹妹，但是他们却都因我们而死……但是……你成了瞎子，我的人生被糟蹋成这样……可痛苦却丝毫没有减弱，不是吗？”

唐峥已经来到了小星的跟前。小星感觉到唐峥呼出的热腾腾的气息，觉得浑身的血液都被抽走似的晕眩。

“真的是太悲剧了……你说说看，能比现在还要悲剧吗……”

唐峥的脸真的被绝望折磨得扭曲着。

“一起走吧！”

“什么？”

瞬间，唐峥的眼神已经变得不正常！

“啊！”

唐峥的手狠狠地抓着小星柔弱的肩膀。

“呜呜……”

小星咬住牙齿，拼命反抗着。

“我会把你从绝望中解放出来……和我一起走吧，嗯？”

“你……简直是……疯了。”

这时，林冲使用浑身的力气推开了唐峥！

“姐姐，快去报警，快！”

林冲怒视着唐峥向小星喊道。

“林冲！”

这时，唐峥站了起来，拉住了林冲的腿，把他按倒在地上！

“啊！”

“林冲！你怎么了？”

“快点，快去报警！”

林冲正和唐峥搏斗着，拼命向小星喊道。小星这才回过神来，慌忙跑上楼梯。林冲看到小星的背影消失后，转向唐峥。

“啊！”

唐峥的拳头打向林冲的腹部。林冲勉强躲开了。

唐峥冷笑着看着躲开自己拳头的林冲。

“啪！”

紧接的一脚，林冲被踢得远远的。

林冲看到自己流出的鼻血，慌了神。这个时候，唐峥正跟着小星上楼。林冲飞扑过去拉住了唐峥的脚！

“呀啊！”

唐峥正在寻找小星，看到了林冲，瞬间狂暴起来。紧接着，唐峥的手术刀插入了林冲的腹部。林冲看了一眼自己腹部上的手术刀，又看了一眼自己手上的血，满脸不敢相信的神色。唐峥竟慢慢抱住了林冲！

“呃！”

手术刀深入到林冲的腹部！

林冲倒在地上，身体痉挛。唐峥冷冷地看了一下林冲，把手术刀上的血擦在沙发上，又点了一根烟。

“呼……”

唐峥吐出长长的烟，慢慢走向楼梯。

小星踉跄地跑到梁聪的房间，拿起放在台子上的包。然而，包里的东西一下掉了出来，小星慌了神——把包拿反了。

“嗒嗒嗒——”

小星摸索着地面，手却偏偏避开了手机。最终，手机被小星推进床底!

“啊……”

小星绝望了，但还是试着摸索着床底。这次被她抓到的不是手机，而是浴室感应器。这时，她听到慢慢走上楼梯的脚步声!

小星放弃寻找手机，拼命翻着抽屉。

她能听到有节奏地朝向这边的脚步声。想到男人是想慢慢让自己窒息而死，小星加快了速度。这时，小星摸到的是梁聪吉他调率用扳手。

男人的脚步声已经接近了自己！他已经来到了二楼。小星的手瑟瑟发抖。突然，小星把放在书桌旁的加湿器拉了过来，然后，把手上的扳手插进了书桌旁的电源插座中。

“啪啪！”

强烈的火光，接着整个别墅都陷入了黑暗中!

突然的黑暗，让唐峥也停下了脚步。

掉在地上的烟头熄灭了，黑暗迅速来临。

“唰啦……”

黑暗中显得格外大声的雨声。唐峥静静地看着此情景，事情越来越刺激了。

“嗒——”随着一声点火的声音，露出来的是被埋在黑暗中的唐峥的脸。“哗哗——”借着打火机的火花看到的唐峥苍白的脸就像是个幽灵。

小星生怕气息会暴露自己，拼命地捂住嘴巴，屏住了呼吸。唐峥的脚步声又一次响起，小星不知道该如何是好，下意识地躲进门后的小小的空间蜷缩着身体。

“咯吱——”终于，唐峥进来了！

借着打火机的火光，唐峥开始扫视着房间。

“哐！”他粗暴地打开了衣柜的门。

唐峥翻弄衣服，没有看到小星，就移到了床前。他看着床底，看到了小星的手机。摆弄了一会儿小星的手机，开始往窗口走去。

“吱——”

躲在房门后面的小星，正趁着这个声音小心翼翼地离开了梁聪的房间。唐峥并没有发现，正摆弄着小星的手机，把它扔出了窗外。他们以开着的房门作为隔断，惊险地错开了。

这下，黑暗好像站在了小星这边。她踉踉跄跄地走出房间，这里是对小星来说最熟悉不过的地方。

小星快步走在走廊上，脚步感觉马上就会变乱倒下。男人粗犷的呼吸声随时都可能出现在身后，将自己吞没，小星心急如焚。终于，到楼梯了。

只要走下这个楼梯，林冲就会在下面。林冲！林冲不要紧吗？不，怎么可能不要紧？那个男人不会是将林冲……

“啊啊……”

一想到这些，小星的腿就开始发抖。最终，她还是将林冲拉向了死亡。小星不断地祈祷着，林冲，你要活着！无论如何，我都得逃到楼下，带着你离开别墅。一定……

小星的前面像一股烟似的，出现了唐峥！

小星下意识地往后退了一步！这时——

从小星的后面传来了唐峥的脚步声！

原来刚才感觉到的只是幻影，那股烟是掉在自己脚下的烟头。小星转过去，绕过还在冒着烟的烟头，慌忙躲进了2楼的SPA房。与此同时，就差那么一步，唐峥的身影出现在走廊！

在黑暗中，唐峥慢慢扫视着周围。不知何时，他已经从梁聪的房间走了出来。唐峥盯着SPA房，却走进了其他房间。又是惊险的错开！捉迷藏仍然在继续！

林冲浑身是血，正往什么地方费力地爬着。林冲的血滴答滴答掉下来。他勉强擦拭着不断流进眼中的血，盯着放在茶几上的自己的手机。“无论如何……我都要到那边去……要联络鲁队……”

意识渐渐模糊，林冲终于撑不住了。

唐峥正站在3楼小星的房间里。

他正在搜寻着人的踪迹，眼睛就像是，在黑暗中寻找猎物的野兽的眼睛。

“哔哔哔——”

唐峥听到了信号器的声音！他转过身，寻找声音的源头。

“哐哐哐！”就像是故意让小星听到一样，唐峥威胁性的脚步声正穿梭着黑暗，往SPA房跑了过去。

“哐！”

门被打开了，房间一片漆黑。

“啪！”

唐峥打开了打火机，SPA房瞬间亮了起来。

信号从浴室传出来。唐峥的眼睛充满着杀气，他慢慢往浴室走了过来。

“哐！”

瞬间，唐峥的眉毛挑高。

水从浴缸漫了出来，流到浴室的地板上。尖声叫响的浴缸感应器，就像是为了给唐峥听而设计的。

唐峥踹着感应器。

“哐！”门被关了起来，唐峥被关在了里面！

“妈的……”

小星握紧了自己正在发抖的手。她成功地用一些运动器材堵住了门。刚才，小星把感应器挂在浴缸上，不知道祈祷过几次。拜托，一定要上钩，一定要上钩！这份急切的心，才承受住了唐峥越来越近时，自己差点要晕过去的紧张心情。

“哐！哐！哐！”

小星感受着在自己身后，疯狂地撞击着门的这个危险男人，她像是挤出最后的一点力气，慌忙地站了起来。虽然时间不长，但确实拖延了一些时间。在那个男人出来之前，小星必须要找到林冲，从这个别墅逃出去。

“哐！哐！哐！”

这感觉就像是唐峥在撞着自己的后背，小星的心蜷缩了起来。她急忙跑下楼，身后传来唐峥砸门的声音，感觉他马上就会把浴室的门砸个粉碎。

自己竟然会上这种当。但是马上，唐峥又露出了冷酷的微笑。她竟然利用了黑暗，真有一套。小星还是蛮聪明的样子，这一点让唐峥非常满足。猎物越反抗，狩猎就会越有意思。唐峥想到现在正在门外想着逃出去的小星，有种微妙的兴奋感。

“鲁警官！”

眼镜警察发现了倒在地上的鲁力，但是瞬间，他的身体哆嗦了一下。

地上都被鲁力的血浸红了。

“队长，队长你醒醒！”

眼镜警察抱起倒在地上的鲁力大喊，鲁力勉强维持着意识。

“……”

“什么？”

鲁力就昏迷了过去。

“队长！”

眼镜警察看着已经完全失去意识的鲁力，向窗外大叫：

“找到了，在这里！队长在这里！”

“林冲！林冲你在哪里？”

小星来到客厅，几乎就要哭出来了。

“啊……林冲……拜托你快点回答我啊！”

但是，小星马上就发觉，回荡在客厅的，只有自己的声音。她几近绝望，但是不能就这样放弃。小星没有发现林冲就倒在她的身后，摸索着刚才林冲和唐峥搏斗的地方。

“林冲……啊，拜托，林冲……”

小星跑向了别墅门口。她知道，仅凭自己一个，是没有办法救出林冲的。

“要从这里逃出去，出去找人帮忙……”

然而，当小星察觉到别墅的大门已经被唐峥用铁链锁得死死的时，她又一次绝望了。这时，小星想起二楼还有另一个门，她疯一样地冲向二楼。

“哐！”

唐峥更猛烈地踢着门。每当他踢一脚，浴室的门也逐渐往外打开一点。

唐峥慢慢狂躁起来。“一出去就要了你的命。”唐峥低吼道。

“啊……”

小星下意识地依靠着二楼的门瘫坐下来。门还是被铁链锁得死死的。这下真的完了。小星听到不远处的SPA房唐峥踢门的声音，让她浑身发抖。怎么办，怎么办？这时，在一楼的客厅传来了林冲欢快的手机铃声！

“林冲？”

与此同时，从SPA房传出来的唐峥踢门的声音也停了下来。他肯定也是听到了林冲的手机铃声。小星的直觉告诉她，再也不能这么拖着了。她跑向一楼。

“他不接电话！”

眼镜警察看着山警官，满脸担心的表情。

“你确定他和小星在一起？”

“是，我确认过两个人一起出的院。”

“嗯……”

山警官感觉到，情况变得非常紧急。连鲁队长都被袭击，看来是一个变态杀人狂。即便小星和林冲在一起，林冲毕竟还是个乳臭未干的孩子，绝对不是对方的对手。面对这个浑蛋的，是一个盲人和一个孩子。再迟疑也许还会有更多的人遇害。

“需要追踪手机的位置吗？”

山警官用力踩下油门，警车疾驶在暴风雨中……

声音是从壁炉那边发出来的，小星连忙走向壁炉，突然，有什么绊倒了她。

“啊！”

是林冲倒在那里。

“林冲？林冲！”

小星摸索着林冲的脸，手抖得厉害。林冲完全没有意识。这时，小星听到急速跑向这边的脚步声！唐峥已经离得太近了，没有时间去拿手机！小星拼命拖着林冲到书房，她喘着粗气，但是，林冲的腿被走廊的装饰柜绊住了！这时，唐峥看到了他们！他疯狂地跑向书房！千钧一发之际，书房的房门就在唐峥的眼前关上了！

“呃啊啊啊啊！”

唐峥怒气冲天地咆哮着，手机铃声让他更加不爽，他把所有愤怒都发泄到脚下的手机上。此刻，他的眼神已毫无人性。

小星发现自己满手都是林冲的血。她急忙摸索着书柜，找到了急救箱，往林冲的肚子疯狂地喷着止血剂。踢门的声音还在继续着！

“哐！哐！哐！”

小星把林冲藏到桌下。

“哐！”——门开了！

小星感受到唐峥冰冷的气息，下意识地捂住了自己的嘴巴。唐峥扫视着书房。

他的手从兜里拿出了打火机想要打亮。

“妈的……”可能是因为没油了，怎么也打不开火。他一把扯下窗帘，月光照进书房，唐峥看到恐惧的小星。

“呵呵呵……”

小星拿着刚才从急救箱里拿出来的剪刀，怯怯地往后退着。

“不，不要过来！”

她的剪刀指着唐峥，手却抖个不停。唐峥悠悠地看着她的样子，享受着这一瞬间——她逃不掉了。

“噔——”

小星确认了这个奇怪的声音是唐峥拿着的高尔夫球杆发出来的声音。小星想到这个高尔夫球杆也许下一秒就会飞向自己，把自己的脑袋打个粉碎，就感觉恐惧倍增。但是，小星必须要挺住，现在能保护林冲的，只有自己了。

“哐啷——”

就在小星往声源的反方向跑的一瞬间，唐峥迅速从小星的手上夺走了剪刀！

会利用黑暗的，不仅仅只有小星而已。唐峥猜到小星会往声音发出的反方向走，就故意把球杆扔到了一边，然后站在那边等着小星扑到自己的怀里。唐峥抓到小星，眼里冒出一阵阵的喜悦。

“呀！”

小星惨叫了起来，她的叫声充满了绝望。

“呵呵呵……不用躲起来，小星……你不可能一辈子逃跑吧，你得直面胜负，不是吗？”

小星感觉到贴在自己脖子上的冰冷的手术刀，咬住了嘴唇。

“啊！”

小星迅速抓住唐峥的手腕，来了一个背摔！唐峥被这预料之外的反击弄蒙了，重重地摔在了地上，发出了痛苦的呻吟声！

这时，小星想起自己在上楼梯的时候闻到的汽油味。她顺着气味走到了一楼门前，拿起放在门口的汽油桶。唐峥看到此状，立刻跳了起来阻止她。

但他的手臂已被小星摔断，脸瞬间因痛苦而扭曲着。

“啊！妈的……”

他把球杆扔到了一边。也是，为了一个瞎了眼的丫头用球杆简直是小题大做。

“呜呜……”

林冲感觉浑身的神经就像被切断了一样，他发出了痛苦的呻吟。到底发生了什么？林冲还记不起来刚刚到底发生了什么事情。

“姐姐！”

他这下才缓过神来，想要站起来。但是除了手指以外，发现自己哪里都无法动弹。

是唐峥的脚步，感觉他的脚步声连整个黑暗都能降服。他正慢慢地走向梁聪的练习室。唐峥想起现在可能在某个角落缩着身体躲着的小星，狠狠咬住了牙。

一个手无缚鸡之力的瞎子每次都从自己的手里逃了，唐峥的耐心也已经到了极限。

“出来，给我出来！你以为像只老鼠一样躲在这里，我就找不到你了吗？”

他的声音回荡在地下室，让唐峥的愤怒升到了极限。

“出来，给我出……”

这时，“唰！”

不知是从何处泼向唐峥的液体，那是汽油！与此同时，“哧——”是火柴！唐峥闻到了硫黄的味道，止住了脚步。这时——

“哐，嗒嗒——”

汽油桶被扔到一边，汽油沿着汽油桶流到唐峥的脚下。唐峥看到此情形，顿时僵在那里。角落站着的，是拿着火柴的小星。

“你！”

真是意想不到的逆袭！唐峥怒视着映在火光中的小星的脸。她已经被逼到极限，脸上反而多了坚强的表情。

“不要动！”

小星的声音也变得冷冷的。她一下到地下室，就先拿起了梁聪祭台上的火柴。心中默念：弟弟，保佑我，打败这个家伙。

唐峥打量着四周。这时，传来了小星的声音。

“给我跺脚！”

可能是想要找到唐峥的位置，小星发出坚决的声音。

“小星，你以为这样以后能变得不痛苦吗？”

“少废话，我和你不一样！”

“你不是也很累吗？这种只有痛苦的生活对你到底有什么意义？”

“要死你自己死！赶紧给我跺脚！”

小星毫不客气地打断唐峥的话，声音是那么坚决。

唐静虽然愤怒，但无奈地开始跺着脚。

火柴很快就灭了！与此同时，唐峥也停了下来。但是，小星迅速地点亮了另一根火柴！

“哧——”

想要向小星走过去的唐峥顿时止步。

他瞪着小星手上的火柴。火苗看起来马上就会熄灭似的摇晃着，最终熄灭了，然后，她又划一根，又熄灭。唐峥想着，这对他也许是威胁，但同时又是机会。唐峥开始在火柴亮着的时间，寻找着能干掉小星的东西。

“哧——”

令人窒息的寂静，黑暗，间歇的跺脚声。终于，唐峥看到了旁边放着的架子鼓。

“快把钥匙扔过来，快点！”小星命令道。

火柴又灭了，唐峥的脸上露出一丝诡异的微笑。

“哐啷——”

他把钥匙扔到架子鼓钹上，然后，又是窒息的黑暗。

“哐啷！哐啷哐啷！”

四面袭来金属声，小星差点被震晕过去。她被架子鼓三脚架绊住了脚，她慌忙划了一根火柴。

“哗啦！”周围亮了起来，周围散乱着乐谱架，各种鼓、钹。

“……”

唐峥已经站在小星的身旁!

小星摸索着钥匙。唐峥低头看着小星，眼神瞬间变冷。

“嗖——”

他拿起乐谱架，狠狠砸向小星！但是，那是小星在镜子中的倒影，镜子的碎片掉落了一地。

唐峥瞬间慌了手脚。

小星受到惊吓，火柴掉下了，火柴瞬间点燃了汽油！火焰同时也烧到了唐峥的身上！刹那间，整个练习室被火焰包围了。

“呃啊啊啊啊啊！”

滚在地上像只野兽般怒吼着的唐峥，简直是个被火焰包围住的恶魔!

小星颤抖着，但还是拿好了钥匙跑上了楼梯!

感应灭火器启动了!

落下的水打在唐峥的身上，他痛苦地号叫着!

小星终于跑出了地下室，她想锁住地下室的门。唐峥满身是伤口地撞开大门，他已经失去了理智！他一把抓住小星的头发，将她按倒在地上，不停地用脚踢着小星脆弱的身体！他不要一个人下地狱。

“嗡嗡嗡……”伴随着耳鸣，小星的耳朵里流出了血!

她拼命想要抓住手边一切可以帮到自己的东西，突然，她抓到了什么，是妈妈送给她的震动探测器。

唐峥勒住了她的脖子。此刻在他的眼里，躺在地上的已经不是小星！

唐倩被唐峥勒住了脖子，表情十分痛苦！

滚在她身旁的是被摔坏的芭蕾舞少女八音盒……

“为什么……为什么不听我的话，倩……”

“哥……哥……”

唐倩的脸因痛苦扭曲着。

“呃呃……”

终于，瘫软下来的唐倩……

唐峥的眼睛已经没有了焦点，他的嘴角诡异地扭曲着，但眼睛却流出了泪水。唐峥仍然勒着唐倩的脖子……

“为什么……为什么要这么对我，倩……为什么……让我只能用这种办法来保护你？为什么？！啊！”

唐峥抱着瘫软在地的唐倩失声痛哭着……

“呃！呜……”

唐峥的手越来越用力。小星的眼睛渐渐失去焦点。看着小星的眼神，唐峥变得更加疯狂。

“马上，马上就结束了，倩……再过一会儿，你就能解脱……”

突然，唐峥的瞳孔扩大！

站在唐峥身后的，是林冲，他的手上拿着芭蕾舞少女八音盒！

“姐姐！姐姐，快点睁开眼睛啊，姐姐！”

林冲把小星的手贴在自己的脸上，疯狂地呼喊着小星。这时，林冲看到了从小星的耳朵流出来的血！

已经来迟了吗？林冲感觉要疯掉了！

“冲……林冲……”

“姐姐！”

小星听到了林冲的声音，勉强睁开了眼睛。她费力地往林冲的手上放下了钥匙。

“咔嚓——”

终于，大门的锁打开了。林冲看着无力地坐在门前的小星，顿时心急如焚。

“再坚持一会儿，姐，马上就可以走了。”

“唰啦——”铁链掉到地上。林冲打开了大门，他急忙扶起姐姐，想要走出大门。这时，林冲犹豫了一下。

“姐姐，等我一下，我马上出来。”

好像落下了什么东西，林冲急忙回到了客厅。不一会儿，林冲走了出来，把一个东西放在小星的手上，那是梁聪的尤克里里。

“林冲……”

林冲酷酷地笑了笑，扶着小星走了出去……

暴雨中，姐弟俩走在大路上寻求帮助，突然——

“呀啊啊啊！”

有个人在暴风雨中疯狂地跑向两个人，号叫的这个人不是别人，是唐峥！

林冲转过身，看到破门而出的唐峥已经跑到了眼前！

林冲勉强推开了小星，拉唐峥一起掉进了水中！

“姐姐！起来！快起来！”水池里聚集着雨水，林冲拼命抓着完全失去人性的唐峥，急切地叫着小星！小星沉下去的意识，慢慢被林冲唤醒。

小星抽动着，她的血被雨水冲洗着，沿着手流了下去……

“姐……姐姐……”

小星微微颤抖着，吃力地睁开了眼睛。

“林冲。”

但是那个声音是从挂在高速路的栏杆上，眼看就要下沉的小星的车上传出来的声音。

“梁……聪？……”

这时，又一次传来的声音！

“姐姐！快点站起来！快！”

“梁聪……”

小星无法置信地环顾着周围，她的眼前出现的是三年前，那惨不忍睹的情景。

“哈啊………哈啊……”

到底……发生了什么事情？

突然，小星想到，过去的三年，只是噩梦而已，就像鬼压床了一样久久无法睡醒的梦。

小星在想，不，她想相信，那天本不应该发生的，但却发生了的事情，其实是还没有结束的事情。所以，小星相信着，还留下了能救出梁聪的时间。

“……”

是因为这个缘故吗？感觉被抽光了血，瑟瑟发抖的小星拼命站了起来，向着车子一步一步走去。绝对……绝对不能放梁聪一个人不管！

“啪！”林冲被烧成怪物似的唐峥揍着，但视线还是落在小星的身上。小星正往什么地方费力地爬着。到底在去哪里呢？哪里都可以，林冲只是希望，小星能跑得远远的。这时——

唐峥的拳头再一次打向林冲，林冲摔到水池的地下。

“噗！”

林冲的嘴中喷出来的鲜血，染红了水池。

唐峥冷冷地望着此情景，头慢慢转向了小星。

“啪——”

小星的腿颤抖着，再次倒在地上。明明还没走几步……小星心急如焚。这时，小星看到慢慢往栏杆外倾斜的车！

“啊……拜托……”

小星想起了被铁链困住，坐在不知道什么时候会掉下去的车里，应对死亡的恐惧而哭喊的梁聪。

“我必须要过去……”

小星咬紧了牙。梁聪……那孩子该有多害怕……一想到这里，小星的眼泪夺眶而出。

一步。

又一步。

小星终于到了车上，看到了正在哭喊着的梁聪。

“梁聪！”

“姐姐！快点救救我！快点！”

当小星看到挂在梁聪脸上对死亡的恐惧，感觉到自己要窒息了。

“……等等，梁聪……马上就来救你出来。”

小星连忙拉着车门，但是——

车门……打不开！

“呜呜……呜呜！”

小星疯狂地拉着车门！

“姐姐！姐姐！！”

梁聪充满绝望的声音让小星陷入极度的悔恨。

“啊……拜托……拜托……”

这时——

“咯吱……哐！”

车终于完全倾向了栏杆！

“梁聪！”

“姐姐！”

“姐……姐……”

林冲倒在地上，雨水掉到他的身上，起了白色的泡沫。唐峥冷冷地瞥了一眼林冲，眼神慢慢移到缩在雕像下面的小星。

唐峥的脸扭曲了起来。是悲伤，还是愤怒？他摆着难以看懂的表情，终于走出了水池。

“姐……快……跑……”

“对不起……啊……梁聪……对不起……呜呜呜！”

小星抱着梁聪的尤克里里开始哭泣，终于把心中强忍着的所有的悲伤都发泄了出来。满身疮痍的她，在充满着和梁聪的回忆的天使雕像下面，为比死亡还要残忍的绝望呜咽着，竟然没有发现唐峥正在走向自己……

"我们有很多相似的地方呢……"

小星听到在黑暗中响起的唐峥的声音，紧紧闭上了眼睛。完全的黑暗，能听到的只有疯狂的雨声，以及唐峥让人反胃的声音。

"呵呵呵……你这么做能改变什么呢？我们两个人都那么疼我们的弟弟或妹妹，但是他们都是因我们而死的，难道不是吗？"

"呜呜呜……啊……"

不是，绝对不是。我能这么说吗？毕竟没能救得了梁聪是事实啊。小星对这个利用自己的负罪感勒住自己脖子的男人产生了极度的恐惧。这时——

"姐姐……"

是梁聪！梁聪仍然坐在车上，但再也不是捆绑着的样子看向小星微笑着。

"梁聪……你怎么？！……"

唐峥的脚步撕开黑暗慢慢逼近着小星。

唐峥感觉到自己不能再忍受的人生，终于要结束了。

“小星……和我一起走……”

他狠狠地瞪着小星，眼神充满了诡异的光。

“姐姐，你可以做到……”

“……什么……”

一闪，一闪……梁聪的声音就像是照亮着这个黑暗的萤火虫一样，给正要掉到无尽的绝望中的小星的生命添加着光芒。

“姐姐！你上来怎么样？”

“梁聪……”

小星想起来坐在天使雕像上面，向自己伸出小小的手的梁聪的灿烂的笑容。

“你不记得了吗？那天你真的上来了，真的做到了……为了我……”

小小的，但是可靠的、伸向怕高的小星的手。那个手现在正又伸向着小星。

“梁聪……”

小星看到梁聪——没有被铁链锁着的梁聪，流下了感激的泪水。太好了……真的太好了……小星颤抖着，终于握住了梁聪的手。

小星手上拿着的震动导盲探测器正在加速震动了起来。

“嗡嗡……嗡嗡……嗡嗡……”

震动比刚才变得快了一些，小星突然醒了过来。这时，震动又开始了。

“嗡嗡嗡！嗡嗡嗡！嗡嗡嗡！……”

小星想起障碍物越靠近震动会响得越频繁，咬紧了牙。唐峥……正在靠近！

小星感受着震动探测器的怒吼，死死地握住了震动探测器。感觉黑暗马上就会把自己吞噬，小星都无法用力呼吸。

“不管怎么样，我都在离你最近的地方！”

“……妈妈？”

只要用尽全力，释放我所有的热情，就没有做不到的事！只要用尽全力，释放我所有的热情，就没有做不到的事！

不要成为恐惧的奴隶！

疯狂响起的震动探测器，小星手里的探测器几乎要爆炸了！

终于，小星猛然睁开双眼！她紧紧握住了尤克里里！

与此同时，在她身后，唐峥高高举着手术刀！

瞬间！

“我和你不一样！”

小星把所有的感情都化作凄厉嘶吼，毫不留情地挥起了尤克里里！

“哐！”

唐峥的瞳孔扩大……脖子脱臼，脸朝下，倒在了雨水坑里。与此同时——

“啪——”

尤克里里变成了两半，掉在了地上。它不偏不倚，刚好打在唐峥的下颚，终于，像是完成了使命似的，掉到了地上。

小星的力气终于耗尽，瘫坐在地上。她的身边是断裂成一片一片的尤克里里的残骸。远处，终于听到了警笛的响声。

小星百感交集地摸向林冲，眼泪夺眶而出。这时，警车一辆接一辆地停在别墅的门口，小星听到了警车停在门口的声音，才开始慢慢放下悬着的心。

“路小姐！林冲！”

眼镜警察和其他警察都在急切地叫着他们，跑了过来。警车的警笛灯和车前灯像是在安慰着终于结束了战斗的小星和林冲一样，温柔地照向他们……

飞吧，萤火虫

“啊，啊，麦克测试，麦克测……”

黑暗中传出的麦克风的声音。

“啪！”

舞台上的聚光灯一起开启。Pole Star乐队开始演奏着《虫儿飞》的前奏。这时，主唱位置的灯亮了起来！站在下面的是，林冲！

林冲坏笑着握住了麦克风，眼神投向了某个地方。那视线的重点是——尤克里里！救了小星和林冲的尤克里里终于被修好，摆在装饰台上。在那下面写着“永远的梁聪！永远的梦想！梁聪四周年追悼会，所有爱着他的人献上”。

《虫儿飞》美丽的旋律响起……林冲唱起歌……

“黑黑的天空低垂，亮亮的繁星相随，虫儿飞，虫儿飞……”

歌声响起，台下的女孩子们开始尖叫。林冲的舞台瞬间狂热起来。舞台下，小星微笑着。林冲好像也看到了小星。

“天上的星星流泪，地上的玫瑰枯萎，冷风吹，冷风吹……”

林冲想到小星正听着自己的演唱，唱得更加卖力。

林冲正在唱着梁聪的歌。小星想象着在舞台上面闪闪发光的林冲，感慨万分。在她的旁边，小星的妈妈也感慨万分地看着小星。

有双厚厚的手温柔地盖住了小星的妈妈的手，是梁聪的爸爸。他们交流着温暖的眼神，感激地看着这个为了梁聪准备的舞台。

“虫儿飞，花儿睡，一双又一对才美，不怕天黑，只怕心碎，不管累不累，也不管东南西北……”

正在唱着歌的林冲向着某个地方摆出了开枪的姿势，鲁力和眼镜警察相当夸张地配合着林冲。

所有的都回到了自己本应该在的地方。这一时刻，小星感觉到的东西对小星来说，实在是太珍贵了。然后，向着这样的小星，鲁力伸出了大拇指……

“什么嘛，队长，刚才还跟我说‘对看不见的人做什么’呢。”

眼镜警察毫不客气地“找碴儿”，鲁力有些不好意思，还以为他会把手缩回去。结果，他不管不顾地又伸出两个大拇指向小星。

“哈哈哈哈！”

“哈哈哈！”

小星听着鲁力和眼镜警察愉快的笑声，看向了林冲的舞台。

“梁聪……你在看着吗？梁聪……再见……再见。”

不知何时，小星的脸上开始慢慢浮现出她那消失已久的微笑……